GUIDE ANACHRONIQUE DE LA NEIGE

Guide anachronique
Dirigée par Anne Bourguignon

Tout ce qui est beau est indéterminé.
Joseph Joubert, *Carnets*

ISSN 2999-0017
EAN 9782363083555

Élisabeth Foch-Eyssette

GUIDE ANACHRONIQUE DE LA NEIGE

arléa
16, rue de l'Odéon, 75006 Paris
www.arlea.fr

Habiter le monde sans conscience des lois secrètes qui organisent la nature revient à ignorer la langue de son pays natal.

Hazrat Inayat Khan

Le problème de l'approfondissement de notre être, c'est la communion de plus en plus profonde avec la nature.

Gaston Bachelard

J'ai mis ma robe de paille
pour aller contempler le paysage
de neige

Bashō

Je ne me doutais pas qu'un jour en regardant un documentaire animalier une image enfouie dans ma mémoire rejaillirait, intacte.

Des girafes déambulent dans la savane tandis que des braconniers guettent le moment opportun pour tirer. Une balle part, atteignant la plus grande et la plus majestueuse du troupeau. L'image est filmée au ralenti, l'animal n'en finit pas de s'écrouler. Tandis que, sidérée, je mesure le vertige de sa chute, une autre image la remplace. Celle de mon père décrochant le téléphone un jour de Noël, dans un chalet. Soudain, tout en restant debout, combiné à l'oreille, il semble perdre de sa hauteur comme si son squelette se retirait. On vient de lui annoncer la mort de deux de ses frères. Une avalanche…

Blanc, couleur de deuil dans certaines cultures.

La neige venait de croiser mon chemin. J'avais huit ans. Désormais, à chacune de ses manifestations, elle m'apparaîtrait à la fois familière et inconnue.

Je me souviens aussi avec précision de la crèche faite d'écorces d'arolles, de personnages en pots de yaourt drapés d'une petite cape taillée dans un coupon de fausse fourrure, leurs têtes en marron d'Inde, fichées dans un bâtonnet de sucette, dodelinaient, mettant en valeur une chevelure de lichen arachnéen. Chaque détail de cette crèche scintille dans ma mémoire. Dehors, la neige tombait, promettant glisse et gadins pour le lendemain. J'entends encore les conseils d'un solide paysan suisse, moniteur à ses heures : « *Rutschen lassen* », laisser glisser…

Malgré ce drame, année après année, la neige fut notre cadeau de Noël.

« Le premier qui voit la neige ! » C'était notre jeu à l'approche des Alpes. Mon père faisait alors ce geste, que plus tard j'ai reproduit, qui consiste à poser les mains sur le volant et à appuyer la tempe dessus, afin de voir le plus haut possible. Suspense… Voir apparaître du blanc avait le pouvoir de nous rassurer et d'attiser nos ardeurs – ouf, il y a de la neige ! Présent mystérieux, initiatique, lumineux malgré sa part d'ombre.

Depuis, il suffit que mon regard parcoure ces cinq lettres – N.E.I.G.E. – pour que quelque chose en moi s'intensifie ; qu'une histoire commence…

« Le silence de la neige, voilà à quoi pensait l'homme assis dans l'autocar, juste derrière le chauffeur. » Ohran Pamuk, *Neige*.

C'est parti…

Sans doute est-ce pour cette raison que je me suis précipitée un soir d'hiver, malgré une grisaille parisienne déprimante, pour écouter un conférencier, Étienne Ghys. Son sujet était le mien : la neige. Son discours scientifique ouvrait une passerelle vers la poésie, ses références étaient jubilatoires. J'en connaissais quelques-unes, en ignorais d'autres. Mais déjà naissait le désir de voir cette neige qui se pose blanc sur noir se révéler noir sur blanc. « L'écrit sert à rassembler les amis », dit Confucius.

« C'est ravissant quand la neige, sans être haute, couvre la terre ainsi qu'un léger duvet. C'est charmant aussi lorsqu'elle s'est amassée pour former un épais manteau… », Sei Shōnagon.

Après de multiples saisons, le temps était venu de me retirer telles les diaristes japonaises derrière leur *kichō* consignant de précieuses bribes du quotidien.

Quand dans le ciel glacé
la neige s'éparpille,
imitant les fleurs.

Sei Shōnagon

Même dispersées les pensées s'harmonisent. Aucun flocon ne se demande qui est son voisin. Ensemble, ils forment un tout.

Pas question de me lancer dans un travail exhaustif. La neige mérite de la délicatesse plutôt qu'un archivage acharné. Pas question non plus de l'épingler comme une collection de papillons.

Rutschen lassen, laisser glisser…

Ce n'est pas simple de s'abandonner. La masse des souvenirs est si compacte qu'elle ressemble à une coulée solidifiée par le gel dont j'exhume éternellement les mêmes images. Si je n'y pense pas, alors me voilà comme visitée par un flocon égaré, un névé perdu au creux de son éboulis, une congère aux strates géologiques, une corniche aux allures de vague. Il faut accepter de laisser venir en cascade émotions, pièges et enchantements, ravissement et interrogation.

Il neige… Mais qui neige ?

Blanc et thé à la neige

Quand je pense au blanc, la neige est la première de la liste de mes coups de cœur. Après, il y a les fleurs de seringas, le marbre des idoles cycladiques autrefois peintes, des draps sur un fil à linge, une pyramide de farine avant métamorphose, du riz au fond d'une jarre... Images et sensations se bousculent : le premier cheveu blanc, la crème Nivea dans sa boîte ronde et bleu nuit à l'instant où j'y glisse mon doigt pour la première fois, la page blanche, la tenue des jouteurs sétois, une dent de lait au fond d'une boîte de pulmoll, une méduse échouée sur le sable, une sélénite, un os de seiche, du gui, la cornée des nouveau-nés, légèrement bleutée comme les murs de Jodhpur. Une hostie... mais là, tout bascule.

J'ai six ans. Je suis en compagnie d'une bonne sœur qui ressemble à s'y méprendre à la sorcière de Blanche-Neige : même nez crochu, même verrue poilue sur le menton, ou sur le nez je ne me souviens plus, même âge canonique. Elle tente de me faire comprendre ce qu'est le péché. Pour ce faire, elle s'empare d'une hostie, une grande, celle du prêtre lorsqu'il célèbre l'eucharistie, un mot auquel je ne comprends rien. De son autre main, elle se saisit d'un plumier, trempe la plume dans l'encrier et éclabousse ladite hostie d'encre noire. Ses paroles tombent : « Ton âme, mon enfant, est aussi blanche que cette hostie, mais chaque fois que tu commettras un péché, tu la tacheras. »

Glaçant…

Pour conjurer cette menace, je rêve : je plonge les mains dans le bocal contenant les petites hosties et j'en libère des poignées entières par la fenêtre. L'air est cru, hésitant entre deux saisons. Je suis sauvée, la poésie reprend la main : dernière giboulée de neige ou envolée de pétales de cerisier ? Je reste bouche bée devant cette chorégraphie. Je sais que désormais je pourrai toujours me réfugier dans une image, indifférente au bien comme au mal, en communion avec la seule beauté.

Un jour, je jubilerai en apprenant qu'une des joies des peintres chinois est d'admirer les prunus fleuris sous la neige. Sur fond de blancheur, les fleurs s'épanouissent en triomphant du froid, et manifestent leur beauté dans l'adversité.

Au XIXe siècle, Jigorō Kanō observe cerisiers, roseaux, bambous sous la neige. Les branches ploient sous le poids et l'épaisseur. C'est la souplesse qui permet de vaincre plus fort et plus lourd que soi. En s'inspirant de ce principe, Kanō adapte le ju-jitsu des samouraïs : « Minimum d'effort, maximum d'efficacité. »

Le judo est né. Ceinture blanche.

La neige autorise tout. Nul besoin de lien logique. Associations d'idées ou d'images ouvrent la voie. Comme une trace blanche sur une page imprimée, la neige fait son chemin silencieux dans le fourmillement des lettres.

Poids du silence, poids de la neige. Fatalité.

La futaie est dégagée, élégante. Au vu des faines qui tapissent le sol entre les plaques de neige, c'est un bois de hêtres. Nous marchons depuis une paire d'heures et le froid gagne du terrain. Les promenades dominicales et familiales ne sont pas mon passe-temps favori. Mais il est un âge où l'on est rarement consulté. Pour remonter le moral des troupes, mes parents décident d'une halte. Chacun choisit souche ou tronc pour s'asseoir et on installe un réchaud à l'abri du vent – le fameux bleuet au fidèle ronronnement – sur lequel on pose une gamelle qui en a vu d'autres. Cabossée, noircie, elle remplit encore sa fonction. Nous y jetons quelques poignées de neige tombée la veille mais pas en quantité suffisante pour garantir une eau de fonte limpide. Au fur et à mesure que la neige fond, apparaît un peu de feuillage et d'humus. En haut lieu, il est décidé que ça n'a aucune importance et que ça n'empêche pas d'y adjoindre des feuilles de thé. Ce qui est fait au premier frémissement de l'eau. Et dans la foulée, une coulée de lait concentré Nestlé parachève cette décoction aux saveurs boisées, c'est peu de le dire. C'est ça ou rien.

En l'absence d'alternative, nous développons alors une technique qui consiste à boire les dents serrées pour filtrer ce breuvage dont la principale qualité est la température. Tandis que quelques flocons nonchalants font leur apparition, cette douce chaleur dans l'œsophage marque le début d'une kyrielle de thés aux saveurs multiples, bus sous toutes les latitudes, à toutes les altitudes, servis dans des tasses ou des verres, voire bus à la gamelle. Mais aucun ne supplante la saveur sentimentale de ce premier thé à la neige. Quant au récipient dans lequel il a infusé : une relique !

Cette expérience fondatrice n'est sans doute pas étrangère à l'émotion éprouvée à Digne, lors de la visite de l'ultime demeure d'Alexandra David-Néel, *Samten Dzong*, devant une vitrine contenant sa bouilloire noircie et cabossée elle aussi. Elle en dit aussi long que les trésors archivés en ce lieu. On imagine le réconfort dispensé par ce précieux ustensile à celle qui a bravé les conditions extrêmes de vent, de froid, de neige.

Pendant l'horreur d'une profonde nuit

Collégienne, je suis « invitée » à réciter le songe d'Athalie sur l'estrade. Je plonge dans « l'horreur d'une profonde nuit… ». Prends pour moi l'injonction de Jézabel, « tremble… », et ne parviens à atteindre

… l'horrible mélange
D'os et de chairs meurtris, et traînés dans la fange,
Des lambeaux pleins de sang, et des membres affreux,
Que des chiens dévorants se disputaient entre eux.

C'est alors que le ciel vient à mon secours. Une chute de neige fait diversion, engloutit la scène sanglante. Deux élèves fusent hors de la classe. Fraîchement arrivés de leur Congo natal, ils découvrent l'hiver en Europe. Leur enthousiasme contagieux vide la salle de classe. Le pouvoir de la neige supplante celui du professeur qui a la sagesse de ne pas rivaliser avec les éléments déchaînés. Le soir même, en reconnaissance à cet imprévu météorologique, je grave une fois pour toutes ces quelques vers de Racine dans ma mémoire, encore ignorante de leurs ultérieures et énigmatiques résurgences les jours de neige.

Régler ses comptes avec la neige… ou libérer des contes ?

Une petite fille au manteau rouge

Il neige sur les rebords de murs, sur les toits et les ponts. Un liseré blanc se forme sur un acrotère bientôt transformé en piste d'atterrissage par deux colverts. Plus loin, des corbeaux balayent à coups d'ailes « devant leur porte » pour accéder à la cachette dévolue à leurs trouvailles. La ville entière mue : un toboggan d'images se profile. Que du neuf.

Paris redessiné, Notre-Dame encapuchonnée, Parisiens emmitouflés. Bruits étouffés, imagination libérée.

Une petite fille au manteau rouge fait sa trace au milieu de la rue Maître-Albert, saint patron des savants chrétiens. C'est à lui que l'on doit l'expression *neiges éternelles*. La fillette enfonce ses pas dans la neige étalée comme un immense pochoir. Son allure, sa silhouette et la couleur de ses vêtements réveillent d'impérissables lectures :

la galette, le petit pot de beurre, la grand-mère, le loup… on connaît l'histoire. Sous la neige, on y croirait presque.

Cette première couche tombée sur les toits, les rues, les trottoirs, m'émeut autant qu'au printemps la première chélidoine qui émerge d'une boursouflure de macadam et dont la fleur éclot à l'arrivée des hirondelles.

La nature est toujours prête à gagner du terrain. Les loups à entrer dans Paris.

La représentation graphique du cristal de neige et Nicolas Bouvier

Je ne me souviens plus ni où ni quand j'ai croisé la route du très vénérable archevêque d'Uppsala, Olaus Magnus. Toujours est-il qu'en 1555 il publia une œuvre consacrée à la représentation graphique du cristal de neige. D'autres après lui ont fait de même et, parmi eux, le pionnier de la photographie de flocons, Wilson A. Bentley, surnommé *Snowflake*.

Né à Jéricho, dans le Vermont, il immortalisera ces « petits miracles de beauté » avec chambre et microscope. Premier cliché le 15 janvier 1885. Quatre mille cinq cents plaques suivront, dont deux mille cinq cents reproduites dans *Snow Crystals*. Pas deux flocons pareils, inimaginable ! De la même manière, il étudiera gouttes d'eau, rosée, nuages… avant de mourir en 1931 d'une pneumonie contractée après un blizzard.

Mais revenons à notre archevêque qui, plus sagement, vécut une partie de sa vie, exilé, au chaud, en Italie où il nourrit (ou pas ?) une intense nostalgie de la neige et commit une monumentale description des gens du Nord : *Historia de gentibus septentrionalibus*. On y apprend que le premier jour de mai, lorsque le soleil passe dans la constellation du Taureau, se prépare un tournoi entre deux escadrons de cavaliers dirigés d'un côté par un capitaine portant le nom et le costume de l'Hiver (fourrure, tisonnier...), lançant des boules de neige et maniant les stalactites récupérées aux toits des bains de vapeur, tel le matador l'estoque, et de l'autre côté par un capitaine représentant de l'Été et surnommé le Conte des fleurs. Un bois gravé atteste de ces joyeuses joutes.

Ma quête obsessionnelle du moindre flocon (le plus beau détail du monde selon moi) a commencé par les images afin de composer et de publier une petite anthologie photographique de la neige. J'en adressai un exemplaire à notre maître à tous, Nicolas Bouvier.

Ce geste me valut une réponse rapide et chaleureuse ainsi que la reproduction d'une gravure de la « bataille de boules de neige ». Elle trône depuis ce jour sur mon bureau à côté d'une autre bataille – de boules de neige toujours – des

De caſtellis niualibus iuuenum.

allègres séminaristes photographiés par le grand Mario Giacomelli. Joyeuse ribambelle que ces gens d'Église qui savent abandonner bréviaires et oraisons pour vénérer la beauté élémentaire !

Sept boules de cristal...

Un adolescent achève de façonner des boules de neige. Sans trop les tasser pour en garder l'apparence duveteuse. De taille identique, elles sont sept, alignées sur un banc de bois préalablement déneigé. Je l'observe. Sa concentration est palpable. À cette heure ambiguë où l'on ne sait pas si le jour tombe ou la nuit se lève, ce jeune homme apparaît échappé d'un conte. C'est alors que tout commence : je vois les boules de neige passer d'une main à l'autre formant un arc au-dessus de sa tête. De chacune s'échappe une poussière scintillante qui masque bientôt sa silhouette.

À force, elles rétrécissent, si bien qu'elles semblent s'éloigner. Comme si elles allaient chercher leur place parmi les étoiles. Comme si elles redevenaient flocons. L'obscurité absorbe petit à petit le jeune jongleur dont l'adresse, nourrie des grands mouvements stellaires, fait magistralement usage du vide. Il peut maintenant rentrer au chaud, les étoiles prendront le relais.

Aujourd'hui, je ne sais toujours pas s'il s'agit d'un rêve ou d'un souvenir. Seule certitude : elles étaient sept.

Je ne sais pas pourquoi j'associe ces trois images :

– celle de la bourre de peuplier qui voltige dans l'air comme autant de flocons et annonce l'arrivée du printemps dans *Amarcord* de Fellini ;

– la photographie d'Edward S. Curtis d'une squaw Apsaroke dans des sous-bois enneigés (un fagot sur les reins, elle s'apprête à allumer un feu dans son tipi : ouverture sombre et ovale de la tente, comme une bouche ouverte et muette prête à l'avaler) ;

– enfin, la peinture du *Lit défait* de Delacroix, défait et déserté. L'imagination peut s'étirer à son aise et se consoler de l'absence en parcourant le relief enneigé des draps froissés.

Et déjà une quatrième image s'invite. On n'est jamais tranquille avec les images.

Un détail – c'est par le détail que vit et vibre un tableau – des *Chasseurs dans la neige* de Bruegel l'Ancien : une autre femme, vieille et courbée elle aussi sous un fagot de bois mort, traverse un pont de pierre. Une sœur par-delà le temps et l'espace de la squaw de Curtis.

Je ne vois pas de lien entre la squaw, Rome et le lit défait mais ces images cohabitent dans mon esprit comme trois points sur une feuille blanche peuvent former un triangle.

La neige, « cheminement mystérieux vers l'intérieur de soi » ? Novalis.

Johannes Kepler, Zotov Vladimir et blancs en neige

Johannes Kepler écrit *L'Étrenne ou la neige sexangulaire*. Le titre me laisse perplexe… La neige en cadeau ? Ce petit opuscule scientifique trouble les frontières entre sciences, poésie et métaphysique.

L'histoire se passe à Prague, le 31 décembre 1609, ou peut-être 1610. Johannes Kepler se rend chez son protecteur, Johannes Matthaüs Wacker von Wackenfels, mécène des gens de lettres et des philosophes, chevalier de la Toison d'or et titulaire de bien d'autres distinctions. Tandis que l'homme de sciences cherche une idée de cadeau pour son bienfaiteur esthète, l'air d'abord humide se condense en neige sous l'effet du froid. Des flocons, « tous sexangulaires », tombent çà et là sur son habit. Et Kepler de s'exclamer : « La voilà, par Hercule, la chose plus petite qu'une quelconque goutte, et pourtant figurée. Voilà une étrenne privilégiée pour un amateur de Rien, et digne d'être offerte par un Mathématicien qui n'a Rien… »

Kepler s'enflamme, se promène du côté des éléments, s'interroge sur cette forme hexagonale – celle des alvéoles des abeilles –, poursuit sa quête cosmopoétique d'un ordre sous-jacent propre à toute chose : pétales de fleurs, grains de grenade… Il tient son étrenne, on ne l'arrête plus.

« Et tandis que j'écrivais, il se remit à neiger, et plus abondamment que tout à l'heure. Je contemplais avec attention les corpuscules de neige. »

S'ensuit une tentative de classement des flocons. Hypnotisé par son sujet, il entre peu à peu dans un autre monde qui l'attire autant qu'il lui échappe : la chaleur humaine qu'il dégage a raison du moindre flocon. D'une beauté cristalline et d'une matière évanescente, le flocon disparaît en une seconde mais cette seconde lui laisse entrevoir un autre versant de l'univers ; le visible, comme ce qui ne l'est pas, ou pas encore. Ou plus.

Le mystère l'hypnotise jusqu'au vertige. Avec l'innocence d'un enfant, l'enthousiasme d'un mystique et la rigueur d'un scientifique, Kepler s'abîme en observations, en conjectures avant de passer le relais à son bienfaiteur. À lui de trouver la cause du phénomène. Kepler y renonce.

Fin des programmes ; « il neige » à l'écran !

Vladimir Zotov, photographe, est né à Aksoubaiévo, Tatarstan. Une identité qui sent la neige!

Il photographie quatre enfants. Deux sautent de joie dans les flocons, visages tournés vers le ciel. Deux autres, regard au sol, jouent à cloche-pied sur une marelle à peine visible dans l'obscurité. Le haut, le bas, la nuit, le froid, tout est là pour attiser l'enfance et ses jeux de fortune. Sans doute l'un des gamins ouvre-t-il la bouche de temps à autre pour le plaisir de sentir fondre les flocons happés au vol?

Jouer avec un rien : jeu de savant? jeu d'enfant?

En tout cas, c'est un défi qui, ne manquant pas de saveur, en appelle une autre…

Celle des blancs en neige.

Rien de tel que de monter des blancs en neige pour se croire démiurge. Une fourchette, de l'énergie, quelques blancs d'œufs restés en pénitence après la confection d'une crème anglaise, et l'aventure commence. Les monter à la main est plus délicat mais plus satisfaisant qu'avec un robot. Pas de bruit électrique susceptible de parasiter la subtile métamorphose de la matière glaireuse et transparente en matière mousseuse et blanche – à laquelle on ajoute du sucre, blanc lui aussi. En les battant vigoureusement, les blancs s'unissent au vide, s'élèvent, moussent, menacent de déborder, tiennent tout seuls même si l'on renverse le récipient. On peut aussi les façonner à sa guise : sommets, nuages…

Surtout ne pas les touiller ni les écraser, ils sont délicats. Le geste doit être aérien. Reste enfin à les pocher dans du lait. Du blanc de bout en bout donc. Du blanc et du vide, une expérience-récompense quasi métaphysique que cette parcelle de blancheur réduite à néant par une légère pression de la langue contre le palais. Exactement comme sur le cliché de Zotov. Une bouchée de rien : un plaisir météorologique, philosophique, gustatif.

Changement de consistance. Un jour, l'infini moutonnement des collines coréennes sous la neige fit ressurgir l'image d'un plat que ma mère nous concoctait lorsqu'elle sortait avec mon père. Il lui fallait être rapide et efficace pour nourrir toute la smala : œufs durs nappés de béchamel. Fascinant vallonnement crémeux… et stratégique. Pour éviter la zizanie, rien de tel qu'un ennemi commun. Cet étouffe-chrétien d'une intense fadeur en était l'incarnation et nous ses victimes. À la limite de l'asphyxie, nous ne risquions plus de nous écharper.

Transparence et toile de Chijimi

Hiver ladakhi. La chambre est glaciale ; le vent s'infiltre par les huisseries, un vent d'altitude, mordant. Derrière les fenêtres à petits carreaux, une rangée de peupliers est bientôt masquée par la neige. Au bas des vitres, les flocons forment une courbe dessinée par le sens des rafales.

Le blanc l'emportant sur la transparence, ces fenêtres laissent bientôt place à un souvenir : celui des gaufres saupoudrées de sucre glace qu'enfant je dévorais à Knokke-le-Zoute.

Il neige…

… sans discontinuer.

Les flocons s'ajustent à la moindre brindille, au moindre relief, épousant les formes comme un vêtement ajusté. Chaque renflement a sa raison d'être. Pas un faux pli.

Brutalement, la neige cesse de tomber.

De même, le sculpteur de masque nô retient son bras devant l'œuvre accomplie. Répond-il à un ordre invisible… à l'ordre de l'invisible ?

Le blanc règne.

Pourtant, déjà, je songe à sa défaite.

À chaque neigée, c'est pareil, je redoute le moment où fonte et traces prendront le dessus. C'est comme un chemisier blanc. Dès l'instant où je l'étrenne avec la sensation d'entrer au paradis, je sais que cette blancheur n'aura qu'un temps. Il faudra bien du talent et de la chance pour en conserver l'éclat, lavage après lavage.

À moins d'être initiée à la fabrication de la toile de Chijimi !

Une toile qui n'existe que parce que la neige existe, nous dit Kawabata. La tradition se perd dans la nuit des temps et la blancheur du *Pays de neige*. Aujourd'hui, elle est sur la liste du patrimoine immatériel de l'humanité. Pourtant, rien d'immatériel dans le quotidien de ces « virginales tisserandes », prisonnières de la neige et qui transformaient le chanvre récolté sur le versant des montagnes. Le filage commençait au dixième mois. Puis, tissage, trempage toute une nuit dans une eau de cendres, lavage et enfin blanchissage « à la neige », soit dix à vingt jours pour donner à la toile tout son éclat grâce à la lumière du soleil et à l'ozone libéré par l'évaporation de la neige. Prés et jardins se couvraient alors de pièces de Chijimi qui se confondaient avec la neige : vision à l'opposé de celle des saris indiens aux couleurs vives séchant au bord de méandres lascifs ou de bassins croupis. « Et lorsque la blancheur arrivait à perfection, le printemps arrivait aussi : c'était le signe propre du printemps dans le Pays de neige. » Sans doute est-ce grâce à la réminiscence des rigueurs de l'hiver dans les kimonos en toile de Chijimi que ceux-ci offrent une fraîcheur incomparable dans la chaleur des plus torrides étés.

Pages noires et notre impossible et permanent besoin de consolation

La neige a des pages noires que rien n'efface, pas même la neige. Comme cette avalanche : toute une pente qui ne tenait qu'à une corniche agrippée au fil d'une arête se détache. La corniche tombe d'un côté, et, de l'autre, la pente déstabilisée prend la tangente, direction la vallée. Nous sommes quelques skieurs sur le versant fatidique. Le salut est dans la fuite. D'instinct nous plongeons dans la pente pour un *schuss* non négociable. Une course s'instaure entre l'avalanche et nous. Puis, tout s'immobilise. S'ensuit un silence aussi massif et assourdissant que la déflagration qui l'a précédé.

Une main émerge de l'amoncellement de neige : mouvement de rotation on ne peut plus expressif : sortez-moi de ce ciment glacé. Ce qui est fait. Mais il en manque encore un.

Et celui-là manque toujours.

C'est la face cachée de la neige : la neige qui engloutit, fait éclater les poumons, la neige-linceul.

Et pourtant, je déteste qu'on dise du mal de la neige.

Erri de Luca en connaît le tragique : « L'air brutalement déplacé a deux causes : les avalanches et les bombes. Quand il part en descente, le front de la neige projette devant lui une catapulte d'air. Elle est si compacte qu'elle peut déplumer un bois avant même la masse de neige. »

La neige est musicale, jusqu'au drame parfois. Des chuintements au déchirement, toute une gamme de résonances, du vibrato à la percussion fatale.

Loin des cartes de vœux enneigées, saupoudrées de strass, elle peut être vorace. Elle me fait penser à un animal qui, comme elle, a deux visages : l'ours. On s'entête à le représenter avec bonhomie – quel enfant n'a pas son ours en peluche ? – alors que, d'un coup de patte, il peut faire rouler une tête à terre pour un *bouzkachi* entre plantigrades…

Croire aux fauves, écrit Nastassja Martin. Face à la neige et aux ours, respect conseillé. *Re spectare* dit le latin, y regarder à deux fois. Leur puissance l'emporte toujours.

L'Avalanche de Hodler aussi est une démonstration de force.

Comment concentrer dans une même peinture toutes les énergies du printemps ; représenter la montagne qui s'ébroue comme un animal au réveil ; révéler les richesses de la terre prêtes à poindre ; montrer l'excès de fonte grossir le torrent ? La réponse du peintre est sans appel. Seul un être « littéralement épris de la substance de la nature » peut rendre visibles les lois essentielles qui l'ordonnent. Ces lois qui relient toutes choses et les révèlent dans leur résonance. Pierre, air, neige, eau, fleurs, arbres. Tout a sa place, jusqu'à nouvel ordre…

L'avalanche, « désordre des choses », s'inscrit dans cet équilibre éternellement instable. Sur son passage elle redistribue tout, y compris les composés azotés de l'air « récoltés » par les flocons, qui fertilisent les vallées ; une manne, en quelque sorte.

Je me console comme je peux.

D'autres ours et des philosophes

Il neige…

… sur la ville, une neige bientôt sale et grise mais qui, sur les toits, les coupoles et les minarets des mosquées, souligne de blanc les perspectives.

Le Bosphore engloutit les flocons. Quelques rescapés se posent sur les *vapur*.

Je marche parmi une foule grouillante. Les trottoirs sont de plus en plus glissants et chacun éprouve son équilibre. Soudain, j'aperçois quatre pattes à la démarche lente et assurée : un ours…

Sans humus à se mettre sous les griffes, résigné, il va l'amble comme ses congénères. Dans la fourrure brune, je distingue la chaîne qui le lie à celui qui tire quelques piastres de ses acrobaties. L'Istanbul d'Ara Güler n'est pas tout à fait mort. Des images se superposent à celles que j'ai sous les yeux formant un album hors du temps : la neige sur les cages à oiseaux, le vieux tramway, les vols de pigeons, un joueur d'*ud*, le cimetière d'Eyüp…

Feuilletant les innombrables volumes reliés d'une revue plus ou moins scientifique, *La Nature*, qui veillent sur les étagères d'une maison de famille, mon regard s'arrête sur des croquis signés René Descartes. « C'est quelque chose de fort triste que de ne pouvoir sortir au-dehors sans être glacé, à moins que d'être fourré comme des ours. »

Le 4 février 1635, le philosophe est à Amsterdam. L'hiver est rigoureux, il observe la pluie verglaçante, accompagnée de givre, qui se transforme en neige et tombe sur les canaux et les maisons à pignons de la capitale.

Le spectacle l'intrigue. Descartes peine à imaginer « qui pouvait avoir formé et compassé si justement six dents autour de chaque grain dans le milieu d'un air libre et pendant l'agitation d'un fort vent ».

Le sixième discours des *Météores* suggère diverses hypothèses sur les variations de températures et d'itinéraires des petits hexagones.

Les croquis accompagnant le discours laissent l'énigme intacte.

Bien d'autres esprits, toutes disciplines confondues, ont exploré le sujet.

Henry D. Thoreau s'interroge lui aussi sur cette neige fine aux allures d'étoiles de cristal poussées par le vent du nord qu'il observe depuis sa cabane : « Quelle puissance créatrice répandue dans l'air où elles se sont formées ? La Nature est pleine du génie de la divinité. Pas un flocon de neige qui ne porte sa marque. »

À chaque langue ses cadeaux : en français, le mot *neige* se présente comme l'anagramme du mot *génie*.

12 mars 1935

On a tous en tête (ou pas !), la date de la bataille de Poitiers, celle du sacre de Charlemagne, celle de la prise de Constantinople par les troupes ottomanes, ou encore celles des batailles de Marignan et de Lépante, mais j'avoue avoir longtemps été incapable de dire ce qui s'est passé le 12 mars 1935 dans l'archipel nippon. Et pourtant, cette date marque une découverte qui me va droit au cœur et révèle encore une fois que ma fascination pour le flocon est largement partagée.

Au Japon, donc, un homme né avec le siècle, le XXe, près des sources chaudes de Katayamazu, est obnubilé par le froid et ses multiples manifestations. Son nom ? Ukichirō Nakaya. S'il rédige son premier article sur la porcelaine *kutani* – pour satisfaire un père qui le destinait à devenir potier ? –, c'est bien la neige qui l'intéresse. Il décide alors de devenir physicien et se met au défi de créer artificiellement le premier flocon de neige.

Pour ce faire, Ukichiro Nakaya procède scientifiquement, met la température en abscisse, l'humidité en ordonnée, jongle avec la pression atmosphérique, et tente ainsi de reproduire les conditions optimales de formation d'un flocon. En vain. Jusqu'au jour où il observe un flocon de neige à l'extrémité d'un poil de lapin.

Eurêka ! se dit-il (en japonais) et de reproduire son expérience avec un cheveu. Succès. Le 12 mars 1935, un corpuscule hexagonal blanc vient s'agripper à ce filament – qu'on suppose d'un bleu noir, japonais

Il suffisait d'un cheveu pour qu'ait lieu la transformation de la vapeur d'eau en neige.

Je comprends alors pourquoi il n'est pas besoin de nuage pour qu'il neige. Quand le thermomètre flirte avec le zéro ou indique une température moindre, il suffit de microparticules dans l'air pour que l'humidité s'y accroche et provoque l'apparition de flocons indolents. Lucioles d'hiver.

La rencontre avec ce lapin provoque un tournant décisif dans la carrière d'Ukichiro Nakaya : la neige devient la grande affaire de sa vie.

Il connaît bien sûr le *Hokuetsu Seppu* de Suzuki Bokushi, publié en 1837, qui recense, outre des histoires de neige de la province d'Etsu, les premières esquisses japonaises de cristaux naturels, classés en diverses catégories. Un second volume recense les différentes variétés de neiges, les différents modes de vie et coutumes. Une quête qui rappelle celle d'Olaus Magnus sous d'autres cieux. Ces études font bientôt des cristaux de neige un motif récurrent sur les kimonos, les bols de thé et autres objets à usage quotidien.

Quant à Ukichiro Nakaya, il établit un classement à la manière de Bentley : à partir de 3 000 photomicrographies de neige, il distingue quarante et un types de cristaux. Il s'installe à l'observatoire atmosphérique du mont Niseko Annupuri, dans le Hokkaidō, à 1 308 mètres d'altitude ; ouvre un laboratoire de sciences des basses températures ; établit les relations entre la forme des cristaux et les conditions météorologiques, découvre qu'inversement la forme des cristaux de neige nous instruit sur lesdites conditions météorologiques dans l'air supérieur ; poursuit des travaux sur la dissipation de la brume le long de la côte de la sous-préfecture de Nemuro ; travaille sur le lien entre fonte des neiges et inondations dans un laboratoire de physique agricole ; publie à l'université de Harvard *Cristaux de neige : naturels et artificiels*. Son nom est si intimement lié au cristal de neige que, pour abriter ses travaux, on a construit sur le site de son laboratoire de Hokkaido un bâtiment de forme… hexagonale dont je ferais volontiers prétexte à un prochain pèlerinage.

Inspiré par quelque *kami*, notre physicien abandonnait parfois sa rigueur scientifique pour un vagabondage poétique : « Les flocons peuvent être vus comme des lettres du paradis. »

Quand on se lance sur les sentiers de la création, que l'on soit scientifique ou artiste, on ne part jamais de rien. Miró, lui, écrivait que pour démarrer il lui fallait un grain de sable. Les étoiles qui rayonnent dans certaines de ses toiles sont peut-être les traces de ces infimes particules qui fécondent la suite de l'œuvre. Processus physiques et artistiques ont parfois un air de famille.

Où commence le ciel?

« Ce serait encore plus beau sous la neige… »

Cette fois, ma marotte est exaucée au-delà de toute attente.

Au dix-septième jour de la première lune de l'année 2011, entre chien et loup, j'embarque à bord d'un petit train à crémaillère. Peu de voyageurs. À l'heure dite, il s'ébranle en direction du Kōya-san et de ses cent dix-sept temples. Un massif sacré depuis qu'un moine, Kūkai, plus connu sous le nom de Kōbō-Daishi, a su décrypter l'ossature de ce paysage, lire des symboles à fleur de terre et pressentir en ce lieu une force permettant de s'extraire des contingences du monde. En somme, une terre de prédilection pour ancrer des rituels, des pèlerinages, et ajouter à la force du site l'énergie des hommes qui se préparent à explorer d'autres dimensions. Un lieu où confier ses êtres chers à la terre.

Pour l'heure, une neige tantôt sereine et déterminée, tantôt survoltée, s'empare de tout : plus de repères, si ce n'est, à la lisière de la forêt, une sente incertaine en contrebas des rails. Nous nous élevons dans le paysage en sens inverse de myriades de flocons, dans un processus de métamorphose réciproque. Je me sens hors du temps et pourtant dans le cycle des saisons. Dans cette traversée du blanc, où commence le ciel ?

Les grincements et secousses de la crémaillère dialoguent avec les bourrasques. Cacophonie mécanique peu rassurante, comme un appel à l'aide dans la souveraine indifférence des éléments. Avec l'altitude, l'envoûtement de la blancheur gagne du terrain. Le doute rôde. Je ne suis plus sûre de vouloir savoir où commence le ciel ni où il finit…

Le train s'arrête, se vide. Plus un bruit. Les rares passagers disparaissent, engloutis. Attente sous les néons de la gare. Dehors, de maigres réverbères éclairent des tourbillons de blancheur. De temps à autre, des phares balayent la route. Une voiture s'approche, ralentit. Un homme en sort, visage grêlé, balafré, déformé. Un avatar de Raijin, le *kami* de la colère du ciel ?

Les arrivées nocturnes réservent d'intenses sensations, cristallisent des images inoubliables et figent les attentes. Je ne veux renoncer à rien : ni à ce que j'imaginais, ni à l'impatience de voir ce qui est. C'est le paradoxe du voyageur : élaborer un scénario en désirant autant qu'il soit confirmé que démenti. Cette fois, il est démenti… et embelli. La neige s'arrête de tomber et recouvre maintenant l'Okuno-in, ce gigantesque cimetière : deux cent mille pierres tombales recouvertes de neige dans une clarté opalescente. Les morts, l'hiver et la lune m'accueillent dans leur clair-obscur. Sous les frondaisons des cryptomères, la neige crisse, l'ombre des arbres, tel un code-barre, strie le moutonnement des tombes. On m'avait parlé de mousse, je ne vois que du blanc. La neige efface même l'ultime vanité des épitaphes. Tout baigne dans une grâce lunaire. Le regard d'un bodhisattva drapé dans sa cape immaculée me transperce. Un oiseau de nuit dont je ne connaîtrai jamais le nom s'envole. Une allée de lanternes de pierre aux flammes vacillantes me redonne le cap lorsque je m'égare. Cette marche nocturne dans la neige révèle combien le sacré a partie liée avec le retrait dans la nature; parce que, un jour, nous retournerons aux éléments.

Dans ce vallonnement de tombes, quelques stèles émergent tels des cairns pour honorer les cinq éléments, terre, eau, feu, vent, éther… J'en ajoute un sixième, la neige venue figer ces images, intensifier les sensations et fertiliser les rêves d'une nuit coulissant entre sommeil et veille, sur les tatamis d'un monastère.

Au matin, je me réveille au son du raclement des pelles et des balais des moines-jardiniers déneigeant les allées. Éblouissement. De jour aussi, la neige joue son rôle d'enchanteresse. Tout scintille, et je me demande comment, au IXe siècle, Kūkai, le maître des lieux, a découvert les montagnes de Kōya : enneigées ; brumeuses et ensoleillées de printemps ; chaudes et moites dans l'attente de l'orage ; vibrantes des dernières couleurs d'automne, lorsque les plaqueminiers croulent sous les kakis ?

Interrogation qui se renouvelle chaque fois que je regarde la feuille sur laquelle j'ai recopié, au temple de Daishi Kyōkai, le sutra du cœur, *Hannya Shingyō*. Une pratique, *shakyō*, qui purifie le mental et confère un profond bien-être. Dont acte.

Ces deux cent soixante-deux idéogrammes, aux allures d'empreintes d'oiseaux dans la neige, font écho aux cristaux photographiés par Bentley, blanc sur noir, le négatif du sutra, donc. Ces deux images juxtaposées sur une étagère devant mon bureau me font l'effet de dieux lares veillant sur l'autel des ancêtres. Leur fourmillement noir et blanc crée d'infinies passerelles…

Ces cristaux, « lettres de paradis » comme l'évoquait Nakaya ? Ces idéogrammes, des flocons de bon augure ? L'énigmatique pouvoir des signes m'entraîne dans un abîme de perplexité.

Dans un flocon
l'univers émerge
et dedans encore il neige

Ryōkan

La Reine des neiges et l'instant de rien

« Consultant en flocons ». J'imagine ce titre déroutant scintiller sur une carte de visite avec strass pour évoquer les sortilèges de l'hiver.

En l'occurrence, sur celle de Kenneth G. Libbrecht, professeur de physique. Son titre de gloire : avoir permis une représentation réaliste de la neige dans le décor virtuel de *La Reine des neiges*.

On connaît l'histoire : la princesse Elsa, qui contrôle mal son pouvoir à générer de la glace, a plongé le royaume dans un éternel hiver. Elle prend la fuite mais sa sœur Anna tente de la retrouver…

Pour servir au mieux le conte d'Andersen, notre physicien a donné des conférences à l'équipe des effets spéciaux de Disney sur la manière dont la neige et la glace se forment. Il explique en quoi chaque flocon est unique, et applique la règle des six branches à toutes les structures en glace du dessin animé. Un générateur de flocons est mis au point permettant de créer deux mille cristaux différents. Mais la neige, n'étant ni fluide, ni solide, peut se désagréger comme se comprimer : poudreuse, mouillée, glacée… Comment rendre toutes ces métamorphoses dues aux variations de température ?

C'est là que *Matterhorn* entre en scène. Grâce à ce logiciel, jamais neige ne parut plus réaliste dans un dessin animé : palais de glace, lac gelé, tempêtes et tourbillons de neige, empreintes d'animaux ou encore fourrure, chevelure, vêtements saupoudrés de flocons… Libbrecht est-il atteint par le même syndrome qu'Elsa ?

Parfois moi aussi j'aimerais un logiciel pour m'éviter de passer d'un horizon à l'autre sans continuité géographique ni chronologique. Mais les souvenirs répondent à un ordre qui échappe à la logique. La résonance l'emporte sur la raison. Des cinq sens, il en est toujours un pour rattraper un instant de rien, un instant de neige anachronique.

Bifurquer encore et Aoktorunrzeq

Il neige…

… sur la montagne Noire.

J'observe les flocons tomber. Silence communicatif. La forêt blanchit, chaque brindille enfle sous l'effet de la neige qui s'accumule en un liseré duveteux. Le paysage est redessiné, simplifié. Le flocon et ses six branches. Démultiplication d'arborescences.

Se diviser, s'unir, bifurquer encore et encore ; un chemin de connaissance ?

Pourquoi ne pas me laisser embarquer par le six ? un chiffre qui avec son *x* affiche sa part d'inconnu. Pourtant il oriente : nord, sud, est, ouest, zénith, nadir. Pourtant il structure : cristaux de neige, alvéoles des abeilles, géomètres d'instinct, hexamètres d'Homère qui scandent d'immortelles odyssées, et encore hexagrammes du *Yi King*, le *Livre des transformations*, soit deux trigrammes qui se superposent, interfèrent et donnent la clé des métamorphoses à l'œuvre dans la nature…

Certains chercheurs situent l'origine de leurs découvertes non au cœur de leur spécialité mais dans des moments apparemment anodins, lorsque leur esprit libéré de tout travail de démonstration baisse la garde. De grands scientifiques le disent : si l'on ne perd jamais son temps on n'arrive nulle part. Laissons donc notre esprit vagabonder.

Claude Levi-Strauss raconte comment, allongé dans l'herbe, regardant les aigrettes de pissenlit dans une sorte de rêverie féconde, il eut l'intuition du structuralisme.

Jean Malaurie, lui, a tout appris dans les neiges boréales. Après son expérience radicale aux confins des terres habitées, son avis est catégorique : l'environnement géographique conditionne la pensée. C'est la conscience des réalités extérieures non visibles, une curiosité cosmique, qui a permis aux Inuits de se fondre dans la nature hostile et d'en faire une « terre des hommes ». Un témoignage précieux depuis que ce peuple a subi les agressions de la « civilisation » à en perdre son âme. Sous ces latitudes, où un seul mot désigne l'année et l'hiver et où des dizaines de mots disent la neige, le quotidien nécessite une créativité à toutes épreuves.

Aoktorunrzeq, la neige tassée, fondue, gelée, là où un chien a dormi ; *apinngrauyt*, la première neige de l'automne ; *qorktas*, un trou fait dans la neige par un jet d'urine ; *auviq*, brique de neige pour faire un igloo ; *nargrouti*, morceau de neige pour boucher un trou qui goutte dans l'igloo – plus poétique qu'un joint de silicone, non ?

On est loin de cette architecture givrée des concours de sculptures de neige, tels ceux de Harbin dans le nord de la Chine. Et plus encore des quelques créations qui avaient défrayé la chronique au XVIIIe siècle.

Telle cette étincelante maison de glace érigée en 1740 par la nièce de Pierre le Grand à l'occasion d'un mariage de cour, et qui devait fondre au printemps.

J'ai décidément bien fait de conserver les exemplaires de *La Nature*.

Goya

Sur la place de la cathédrale de Saragosse, au pied de sa statue, un message de Goya est gravé dans la pierre. « L'imagination sans la raison engendre des monstres, et unie à elle, elle est la mère des arts. »

L'hiver, corroborant cet avertissement, un marché de Noël occupe l'espace. Fausse neige sur faux chalets.

À quelques kilomètres, Fuendetodos, village natal du peintre. Outre la maison « où naquit pour l'honneur de la patrie et le miracle de l'art, Francisco de Goya y Lucientes », un musée avec ses gravures – les *Désastres*, les *Caprices*, les *Disparates* et la *Tauromachie* –, quelques *nevajas*, étranges constructions ovoïdes en pierres sèches, sorte de bories ou de *trullli*, où l'on remisait la neige des Pyrénées, tassée jusqu'à devenir glace.

Un vent du nord s'engouffre dans les ruelles, onglée garantie. Il m'en faut de l'imagination pour visualiser les chariots qui, au XVIIIe siècle, dans la fournaise estivale de la province d'Aragon, quittaient Fuendetodos chargés de pains de glace emmaillotés de paille pour ravitailler le marché de Saragosse. Cette activité florissante au temps du grand-père maternel de l'artiste, marchand de glace de son état, a bien sûr fondu comme neige au soleil.

Aujourd'hui, le village ne fait plus commerce de froid : Goya a remplacé la glace. Avant de partir, je fais halte dans une épicerie où les enfants entrent et sortent comme une volée de passereaux, où les guirlandes de saucisses, chorizo et boudin font décorations de Noël, où des moufles en laine, des espadrilles et une lingerie féminine sans chichi cohabitent avec *Las legítimas y acreditadas tortas de aceite de Inés Rosales*. Me voilà équipée pour traverser les Pyrénées enneigées.

À quelques pas, des perdreaux ayant pris un bain de pieds dans une zone marécageuse, avant d'honorer la première poudrée de l'hiver, sont entravés par les boules de neige formées sur leurs pattes. Pour la plus grande satisfaction des corbeaux prêts à leur voler dans les plumes.

Calligraphie sur feuille de ficus

Écrire sur la neige, un jeu d'enfant ? Un geste instinctif ? Le désir de marquer un territoire ?

Un jour, quelques traits tracés, en passant, au revers d'un talus enneigé m'ont aidé à retrouver mon chemin. Le soleil avait ramolli le trait mais il restait lisible. Des oiseaux alentour s'étaient exercés à la calligraphie, conférant à l'ensemble une allure de rituel divinatoire.

Nous marchions depuis des heures, nous enfonçant dans une épaisse couche de neige, la dernière de la saison, la plus lourde parce que la plus mouillée. Nous allons rendre visite à deux moines missionnés pour garder leur monastère tout l'hiver tandis que leur communauté suit des enseignements au sud de l'Inde.

Isolés dans ces paysages de pierre et de neige qui inspirèrent la peinture de Roerich, dans la haute vallée de la Spiti, au nord de l'Inde, ils semblent contents de notre visite qui rompt la monotonie (apparente du moins) de leur quotidien. Ils nous offrent une ou deux tasses de thé, un morceau de pain de l'automne précédent que nous trempons dans nos tasses. Et nous repartons en leur compagnie pendant la première demi-heure de marche, tous heureux de cette rencontre. Puis, le froid et le soleil tombant, nous nous séparons. Ils vont retrouver leur monastère, nous nos pénates. Nous nous retournons de temps à autre ; ils sont encore là, toujours plus petits dans le paysage, et nous saluent d'un signe amical de la main. Nos « adieux » se reproduisent à plusieurs reprises. Après un dernier virage, nous ne serons présents les uns aux autres que par la pensée.

Alors que la piste largement enneigée nous a paru monter à l'aller, elle semble à nouveau ascendante, nous la prenons pourtant en sens inverse cette fois. Sans arriver à comprendre pourquoi (la fatigue ?), nous avançons pesamment, pressés de retrouver notre gîte avant la nuit. Puis, c'est la grande hésitation entre deux vallées. Une cavalcade de bharals sur le versant d'en face nous surprend. Les suivre ? Leur demander notre chemin ? Avec l'altitude, la pensée magique n'est jamais très loin. Toujours est-il qu'à force de regarder dans leur direction, je découvre le signe que j'ai dessiné à la montée sur le talus, un *Om*, telle une meringue avachie – mais salvatrice.

Les Inuits ont sûrement un mot pour dire la neige « écrite » en train de fondre. Peut-être même ce vocable dégage-t-il la mélancolie qui habite la nature comme les hommes conscients de leur inévitable naufrage…

Pourquoi des instants de rien, dans des lieux de rien, simples paysages intermédiaires, demeurent-ils ancrés dans la mémoire ? En guise de réponse, le jaillissement énigmatique d'un autre souvenir réveillé par ce *Om* sombrant dans la neige. La mémoire involontaire prend la main.

Sur un trottoir de Lahore, je demande mon chemin à un homme dont je ne partage pas la langue et, d'un coup d'ongle, celui-ci me grave l'itinéraire à suivre sur une feuille de ficus ramassée dans la poussière de la rue. Je vois encore le dessin du trajet croisant les nervures de la feuille.

Pourquoi ce souvenir ?

La feuille de ficus, éphémère comme la neige ? L'ombre de la chaîne himalayenne avec ses neiges éternelles veillant sur les pérégrinations du héros de Kipling ? Je ne saurai jamais pourquoi ces ceux souvenirs gravitent l'un autour de l'autre.

Bien sûr je n'ai pas oublié les lieux de la première apparition de Kim : « Il se tenait, au mépris des ordres municipaux, à califourchon sur le canon Zam-Zammah, braqué au centre de sa plate-forme de brique, en face de la vieille Ajaib-Gher – la Maison des Merveilles, comme les indigènes appellent le musée de Lahore », ni les *qawali* de la mosquée où se produisait Nusrat Fateh Ali Khan, mais rien n'est resté aussi incisif que cette rencontre de trottoir et cet itinéraire tracé avec les moyens du bord, un ongle, une feuille morte. La simplicité a sans doute une autorité naturelle à laquelle la mémoire se plie.

Il neige partout

« Dès que sa voix forte jaillissait de sa poitrine et que les mots tombaient comme en hiver les flocons, aucun mortel ne pouvait rivaliser avec Ulysse », écrit Homère dans l'*Illiade*.

La parole d'Ulysse a un pouvoir aussi inéluctable qu'une chute de neige. Celle-ci confère une échelle héroïque au paysage – a fortiori lorsque c'est un paysage de combat. Elle rappelle notre filiation cosmique en se chargeant de cette poussière d'étoiles qui nous constitue.

« Ainsi, par milliers, tombent les flocons, un de ces jours d'hiver où le prudent Zeus se met à neiger, pour révéler aux hommes les traits qui sont les siens. Il endort les vents, puis épand la neige sans trêve, jusqu'à ce qu'il en ait recouvert les cimes des monts élevés, les hauts promontoires, les plaines herbues, les guérets fertiles des hommes. Voici même la neige épandue sur la mer grise, sur les havres et sur les falaises ; seule, la houle qui déferle est capable de l'arrêter ; mais tout le reste en est couvert, enveloppé, le jour où s'abat l'averse de Zeus. »

Lorsque j'épelle un mot commençant par un N, je précise toujours N comme neige.

Neve, *nieve*, les langues latines lui réservent la première place. En grec, *chióni*, le N est au milieu du mot, au chaud. Il diffuse de la douceur, comme en allemand et en anglais *Schnee*, *Snow*… C'est autre chose.

N comme neige, donc. J'aime cette entrée en matière. Il ne me viendrait pas à l'idée de dire N comme nénuphar. Avec ce N majuscule de Neige, on est sur la bonne pente. Il n'y a plus qu'à se laisser glisser, encore une fois…

Je ne me souviens pas de ma première neige.

En revanche, je me souviens de la première représentation « artistique » de neige qui m'a ébranlée. Non pas l'image illustrant le mois de décembre dans le calendrier des Postes (touchante malgré tout, comme toute image populaire qui, au-delà du cliché, nous fait sentir que nous partageons un socle commun d'émotions) ; non, une autre, une estampe qui m'a profondément atteinte pour des raisons non élucidées. Comme ces livres qu'une seule lecture n'épuise pas, elle exerce une fascination durable et renouvelable. Chacune de ses apparitions réveille une même émotion. Est-ce celle de la première neige ?

Sans doute cette *Nuit de neige à Kanbara*, d'Utagawa Hiroshige, renoue-t-elle avec l'univers éclipsé de l'enfance.

Rien de plus simple et universel à la fois. Tout y est arrondi par la neige : silhouettes de trois personnes (mais le seul vrai personnage est la neige), toits, arbres, collines. Le trois donne du pouvoir à l'image. La neige tombe sur la neige tombée, prend tout son temps, ce grand temps inéluctable où rien ne presse. On voit quelques traces au sol qui seront vite recouvertes. Le silence de la neige fait écho à celui de la nuit imminente. Bientôt les hommes auront disparu, au chaud. Tout est là pour tisonner l'imagination, réveiller les sensations, raviver les souvenirs.

En apprenant que Hiroshige avait fait le voyage de Tōkaidō en septembre – donc sans neige –, j'ai été étonnée. Profondément touché par les paysages qu'il traverse, sans doute puise-t-il dans ces gisements archaïques que nous contenons tous, pour faire rentrer ses « vues » dans l'éternelle rotation des saisons – et passer ainsi du vert au blanc ?

Devant cette estampe, je ne sais pas si le paysage entre en moi ou si je rentre dans le paysage. Et ces mystérieuses fusion et confusion se réitèrent à chaque regard.

Autre temps, autre périple. Et non des moindres.

Boudé par ses compatriotes, et à l'invite de François Ier, Léonard de Vinci quitte Rome avec deux fidèles disciples et une escorte dépêchée par le jeune monarque. Nous sommes en 1516. C'est l'hiver. La caravane chemine par monts et par vaux interminablement. Bientôt les Alpes. L'artiste ne se lasse pas d'admirer chaque détail de ces paysages enneigés qu'il grave dans son album intérieur. Un des mulets est surveillé de près. Sur son dos, trois œuvres majeures : *La Joconde*, *Saint Jean-Baptiste*, *La Vierge, l'Enfant Jésus et sainte Anne*. Pas question d'en faire cadeau à ceux qui n'ont pas compris son génie. À chaque faux pas de la mule, l'énigmatique sourire, qui depuis cinq cents ans ne cesse d'aimanter et séduire la terre entière, se met alors à scintiller. Loin d'être une chionosphérophile, je vois pourtant neiger sur Mona Lisa souriante dans sa « boule à neige ».

Traces sans fin et Shakespeare

La mer, plus chaude que l'air, fume. Jour de l'an irlandais sur une plage enneigée au pied du mont Croagh Patrick. Une bande de joyeux drilles, en tenue adamique, surgit derrière une dune. Course jusqu'au rivage et premier bain de l'année. Rituel radical pour clarifier le cerveau après les excès de Guinness. Leur cavalcade jusqu'à l'eau laisse les traces de leurs pieds nus dans la neige sur fond de sable. D'habitude il faut choisir entre sable et neige, aujourd'hui on a les deux.

Ils ont raison, ces jeunes fêtards, pas de meilleure connaissance du monde que de l'arpenter par la plante des pieds, nus de préférence.

Je me suis alors souvenue de « mon » premier temple indien. Le contact avec le sol granuleux de poussière, de fiente de chauve-souris et de bien d'autres choses surprend mais suscite aussi des découvertes, moins terre à terre celles-là.

À chacun ses raccourcis.

Traces de pieds, de mains ; la marque déposée de notre humanité ? Je songe à la *Cueva de las Manos*, en Patagonie, à la grotte Chauvet, aux mains que les enfants de maternelle, démiurges en herbe, rapportent, triomphants, à leurs parents, ou encore aux empreintes de pieds – cartes d'identité des nouveau-nés dans les maternités.

Traces sans fin. Débuts du monde.

Un cimetière balayé par des tourbillons de neige et de poussière mêlées, comme une cendre fine. Je suis à 2800 mètres d'altitude, au pied de l'Aconcagua et plus précisément au pont de l'Inca. Du froid, du silence, des croix. Impossible de ne pas aller à la rencontre de ces aventuriers de passage, de ces ouvriers de la ligne de chemin de fer qui menait les curistes aux sources thermales, de ces grimpeurs, anonymes ou non, grisés par l'air raréfié. Leur destination et leur destin se confondent ici, à quelques pas de la route nationale n° 7 qui relie l'Argentine au Chili. Deux, trois flocons tanguent dans un air sec. Je marche. Ce chaos de tombes veillées par le géant d'Amérique du Sud et ponctuées de piolets, crampons, chaussures de marche, bouteilles d'alcool fichées en terre en forme de croix, et de tant d'autres ex-voto de fortune, m'impressionne.

Sur une tombe, des grands-parents expriment le désir d'être enterrés auprès de leur petit-fils. Plus loin, un nom, deux dates :

Eric Dean Bender
July 14, 1958 – March 1990

avec ces vers de Shakespeare (*Roméo et Juliette*) que la grandeur et l'austérité des lieux ont gravé dans ma mémoire :

And if he should die
take him and cut him out in little stars
and he will make the face of heaven so fine
that all the world will be in love with night
and pay no worship to the garish sun[1]

Gravés dans la langue de leur auteur et du défunt, ces vers sont également traduits à l'attention des autochtones, dans la langue de Cervantes. Pierre tombale autant que pierre de Rosette offerte

1 « Et quand il devra mourir / prends-le et coupe-le en petites étoiles / et la face du ciel il la fera si belle / que le monde sera amoureux de la nuit / et ne rendra plus culte à l'éclatant soleil. » Traduction Pierre Jean Jouve et Georges Pitoëff.

aux passants peinant à décrypter l'universel message crépitant d'étoiles.

Je ne sais pas encore que ces mots rejailliront des années plus tard à des milliers de kilomètres de là, scellant deux souvenirs désormais indissociables.

À la frontière indo-pakistanaise, à Wagah, un no man's land sépare les deux pays en désaccord sur le tracé de la frontière qui, matin et soir, s'ouvre et se ferme donnant lieu à une parade qui aurait séduit Hugo Pratt. Une sorte de *haka* aux allures martiales traduit les tensions entre les deux pays.

Aucun véhicule ne franchit la frontière, des porteurs indiens déchargent les cargaisons des camions indiens qu'ils confient aux porteurs pakistanais en un point milieu. Ceux-ci les chargent sur les camions pakistanais qui attendent de l'autre côté. Et inversement pour les cargaisons pakistanaises destinées à l'Inde. Parfaite démonstration de l'art et la manière de se compliquer la vie, mais le spectacle, éventuellement arrosé par *the last beer before Pakistan*, en vaut la chandelle. Viennent les formalités imposées aux voyageurs, tatillonnes mais sans plus. Un douanier sieste sur un comptoir en marbre, son fusil comme oreiller, ses chaussettes voltigeant devant un ventilateur qui en distribue généreusement le fumet. Lorsqu'il émerge et ramasse les copies, d'interminables formulaires sur papier carbone, il s'enquiert des professions des uns et des autres : *taxidriver, photographer, pilot*... Sur ma fiche, le mot *writer* déclenche un zèle inattendu dans la torpeur ambiante : « *What do you write ?* » Le ton inquisiteur me saisit, et de cet instant d'inquiétude sourd une émotion que je croyais enfouie à jamais. Le pont de l'Inca et la route penjabi se rejoignent comme deux gouttes de mercure. La distance est pulvérisée, l'espace unifié. Plus de frontière. Sans en avoir eu l'intention, je m'entends déclamer avec une émotion contagieuse : « *If he should die take him and cut him out in little stars...* »

Larmes aux yeux, le douanier-poète tamponne mes papiers et je traverse cette zone poussiéreuse, bouleversée par le pouvoir des mots. Et consciente de mon imposture ; c'est à Shakespeare... et à Eric Dean Bender que je dois cette traversée.

Devant moi, comme un mirage, des camions dans tous leurs atours (du *truck art* !) sont prêts à embrayer pour la lente ascension vers les cols de la Karakorum Highway : la « KKH » et ses neiges éternelles.

Yuki
et autres noms de femmes

Aller au plus blanc du blanc… là où la neige nous engloutit de sa présence ; là où l'enfant, l'artiste, l'ermite, les mythes plongent sans retenue dans l'inconnu, libres d'imaginer jeux, formes, pensées, histoires.

Venue d'en-haut, immatérielle, blanche, évanescente, impondérable, la neige est par nature insaisissable. Elle suscite un émerveillement jamais démenti au fil des époques et des cultures. Son emprise sur l'imagination est irrésistible. La neige touche notre « œil sauvage ». Et, dans ses tourbillons, l'homme est toujours prêt à réinventer une cosmogonie.

Les peuples du Grand Nord lui donnent la lune et les étoiles comme origine. D'autres font intervenir dieux ou déesses.

Hérodote, lors de son voyage chez les Scythes, plaide pour une interprétation « ailée », il n'y a qu'un souffle du flocon au duvet. Association que l'on retrouve dans les Pyrénées où, lorsqu'il neige, on dit que l'Ossau plume ses *auques*, autrement dit ses oies. Dans les Alpes, les flocons sont les copeaux de saint Joseph. Dans les Andes, ce sont de grands aigles qui secouent leurs plumes ; quant à la Lola andine, elle s'identifie à la neige tombée.

Dans les Himalayas, où dieux et montagnes se confondent souvent, lorsqu'une longue traîne de poudreuse faseye au sommet du Kangchenjunga (« les cinq trésors de neige »), on dit que c'est l'oriflamme du dieu qui flotte au vent.

Satyajit Ray rend hommage à ce prestigieux 8 000 dans un film éponyme où l'intrigue progresse au même rythme que le ciel d'abord couvert, brumeux, gris se dégage. Les basses pressions qui pesaient sur les personnages comme sur la montagne finissent par se dissoudre. Et la déesse souveraine domine Darjeeling enfin ensoleillé.

Mais retournons aux mythes, la « météorologie primitive » chère à Bachelard. Ils racontent tous des « histoires qui jamais ne furent mais qui pourtant demeurent » (Roberto Calasso).

Je ne sais plus quel auteur, dans un livre tourmenté de froid, compare la beauté d'une jeune fille à celle d'un flocon de neige ; hymne à la fragilité de la beauté ? aux origines ?

« Au commencement était la neige, la neige-mère... » Nombre de mythologies font miroiter le féminin du monde.

Au Japon, la neige, Yuki, est la métaphore amoureuse de la pureté et du sentiment de fugacité. Mieux encore, la neige est une déesse, Yuki-onna. Mais, attention, ses caresses peuvent causer la mort. Racontée par Lafcadio Hearn, la légende est irrésistible d'enchantement comme de menace. À l'instar de la neige.

Deux bûcherons, Mosaku et Minokichi, l'un d'un âge vénérable, l'autre jeune et gaillard, se retrouvent pris dans une violente tempête de neige après une journée de dur labeur dans la forêt située à quelques kilomètres de chez eux. Personne pour leur faire traverser la rivière, ils passent la nuit dans la chaumière du passeur parti sur l'autre rive. Pas de quoi faire de feu, seuls leurs manteaux de paille les protègent de l'ouragan. Le sommeil les envahit jusqu'à ce que Minokichi, le plus jeune, se réveille sous l'effet du léger chatouillis des flocons tombant sur son visage. La porte de la cabane ouverte, la clarté de la neige éblouit le jeune bûcheron qui, dans cette luminescence, aperçoit la silhouette d'une femme tout en blanc. Penchée sur lui, elle souffle une haleine scintillante et parfumée. Ses yeux perçants et menaçants inquiètent Minokichi, et ses paroles achèvent de l'impressionner : « Je comptais vous faire mourir tous les deux mais ta jeunesse, ta vigueur et ta beauté m'en dissuadent. Si toutefois tu racontes à qui que ce soit ce dont tu as été témoin cette nuit, je te tuerai ! »

Une fois la femme disparue, Minokichi découvre son compagnon mort. Le passeur de retour lui fait traverser la rivière et, arrivé chez lui, l'apprenti bûcheron garde le silence. Une année passe jusqu'à ce que le jeune homme tombe sous le charme d'une jeune fille appelée O-Yuki. Orpheline, elle cherche une place de servante. Mais c'est une place dans le cœur de Minokichi qui l'attend.

Ensemble, ils ont dix enfants, d'une grande blancheur de teint. Pourtant O-Yuki ne flétrit pas et rayonne d'une force surnaturelle. Si bien qu'un soir, contemplant la beauté de sa femme, Minokichi s'abandonne à la confidence fatale : « Voici ce qu'il advint tandis que j'étais jeune homme lors d'une terrible tempête de neige... Était-ce un rêve ou la femme des neiges ? »

On devine la suite, O-Yuki disparaît en une nuée blanche et scintillante... mais épargne Minokichi en raison de leurs dix enfants. Il ne la reverra plus jamais.

Nix, nives ; la neige en latin. C'est aussi un prénom. Et surtout le prénom prédestiné d'une alpiniste qui crapahute à une altitude où l'on ne se bouscule pas. Encore que... Désormais, effet de mode, compétitions, expériences tant physiques que spirituelles (comment dissocier ?) démultiplient les expéditions, la pollution et les opérations propreté. Bref ; flux, reflux, c'est dans l'ordre des choses.

Nives Meroi, donc, une autre déesse de la neige, en chair et en os celle-là, a gravi les quatorze sommets de plus de 8 000 mètres de la planète. Sans oxygène. Avec son compagnon Romano Benet.

À Erri de Luca, avec qui elle s'entretient lors d'une échappée himalayenne (*Sur la trace de Nives*) et qui lui demande en pleine tempête, tous deux réfugiés sous la tente, s'il peut l'appeler *Nix*, elle répond : « Non. » Au moins, c'est clair. Et on comprend. Le pluriel fait toute la différence, donne une autre dimension à la chose. Comme le mot *solitude*. Ajoutez un *s* et la solitude prend soudain une dimension métaphysique. Lorsque Alexandra David-Néel évoque les hauts plateaux du Tibet en parlant de *ces hautes solitudes*, on n'est déjà plus sur terre.

Neiges au pluriel a quelque chose d'équivalent. La neige varie sous l'influence de multiples facteurs, mais surtout le pluriel lui confère une allure d'éternité.

Les *neiges éternelles*, une appellation plurielle qui agit comme un rapt. Face à elles, l'esprit se sent galvanisé, s'emballe, prêt à en découdre. Un sentiment d'invulnérabilité se lève : l'éternité est contagieuse. Une griserie.

« Nous sommes les voyageurs de la neige, écrit Nives, sa croûte à grignoter pour arriver au sommet, le tas à creuser sur un flanc abrupt pour installer notre tente, les rafales de flocons qui nous font aller à tâtons, le soleil qui tape sur le blanc et ricoche sur nos visages. J'aime la neige à l'arrivée au camp de base quand elle étend une nappe lisse sur la caillasse et que nos tentes jaunes pointent comme des tasses renversées. J'aime la neige parfumée du petit déjeuner, neige au café, au cacao. Puis aussitôt je la hais quand elle cache la bouche des crevasses, quand je la ramasse dans le sac et qu'ensuite il sort de toute cette masse à peine un litre sur le réchaud. »

Et encore : « La neige, c'est de l'eau blanche, comme le papier, tu y mets ce que tu veux. »

Lire Nives Meroi réveille mes précieux instants d'intimité avec la neige d'altitude : les départs aux petites heures, la nuque cassée pour mieux appréhender la pente dans le faisceau de la frontale ; la marche qui brise le silence et la neige d'un même pas ; cette extrême attention pour deviner où la neige « porte » le mieux, pour repérer ses reflets et savoir où planter bâton ou piolet ; la crainte qu'elle reste collée sous les crampons, leur enlevant toute efficacité ; les plaques à vent prêtes à s'abîmer dans la pente à la première surcharge, sur lesquelles on marche comme une araignée d'eau sur son étang ; des traces qui confirment un itinéraire – celles de la montée, rassurantes, qui marquent le chemin du retour. On le sait, le sommet n'est qu'une étape. C'est au retour, tout en bas, que la course s'accomplit.

Les pièges de la descente ont fait leurs preuves.

Et puis, il y a la neige de la vallée, celle qui s'infiltre dans les corvées quotidiennes loin des exploits et que bravent des femmes ordinaires... Pas si ordinaires que ça !

Journée intermédiaire entre deux saisons. Le solstice de printemps est derrière nous, pourtant d'ultimes flocons disputent l'espace aux pétales d'abricotier quelque part dans la haute vallée du Kinnaur, au nord de l'Inde. Des femmes font la vaisselle dans le torrent qui traverse le village. Cliquetis des plats, éclats des voix et des couleurs de leurs vêtements légèrement brouillées par cette chute inattendue : vision d'autant plus vibrante qu'à côté d'elles crépite un feu dans l'air à la fois cristallin et flouté. Quelques étincelles montent à la rencontre des flocons. Les éléments s'affrontent dans une féérie. Sans doute aurais-je une

impression différente si, au cœur de bourrasques scintillant dans une lueur polaire, je devais faire de même, les mains gercées par l'eau glaciale, les pieds nus dans des sandales de conte de *Mille et Une Nuits*, drapée de multiples châles ouverts à tout vent. Au sol, un combat chromatique et thermique s'engage entre neige et bouses des troupeaux. En haut, des éclaircies font apparaître un arc-en-ciel dans lequel un aigle et son escadrille de corneilles jouent à la verticale des déodars. Je me sens étirée entre tant de vérités et de beautés mêlées.

Le blanc qui colle et le blanc qui fond

Tibet snow, « an exquisitely perfumed skin cream », made in Pakistan. Une appellation qui fait rêver, pour un produit destiné à embellir la peau, l'adoucir, la protéger des rugosités et tout et tout… Quelles que soient latitude et altitude, les promesses cosmétiques sont les mêmes.

J'ai bien sûr succombé, comme toutes mes sœurs d'altitude.

Plus encore que les promesses vantées sur l'emballage, ce sont les images qui m'ont poussée à l'achat. Il y en a deux : l'une reproduit le Potala sur fond de sommets enneigés ; l'autre présente le visage d'une femme de profil, chevelure noire, teint pâle, lèvres, boucles d'oreilles et collier rouges, robe émeraude, le tout inscrit dans une pleine lune entourée d'une éclaboussure d'étoiles…

Le pas de vis du couvercle en fer blanc crisse. La poussière sans doute. En insistant, on libère l'odeur suave d'une texture onctueuse à la couleur légèrement nacrée, comme la neige au clair de lune. On y plonge délicatement un doigt et l'on applique une noisette de ce produit miraculeux sur la peau.

Sans miroir, on peut rester sous le charme d'une fragrance incomparable. Avec un miroir, on se découvre un teint de geisha avec des reflets graisseux dignes du beurre de yak ou plus pertinemment de sa femelle, la *dri*. Dès lors, attention aux sautes de vent, la poussière adhère volontiers à cet onguent. Mais bon, au-dessus de quatre mille mètres, on n'est plus très regardante… ni très regardée.

Où part le blanc à la fonte des neiges ?

Je ne sais s'il existe des pèlerins pour suivre la neige jusqu'aux océans, le flocon jusqu'à la vague, mais j'ai rencontré un Indien parti à contre-courant de la fonte des neiges, du cap Coromandel, à l'extrémité sud de l'Inde, jusqu'en Himalaya, le pays des neiges, comme le dit le mot lui-même. Il voulait voir, toucher, goûter, entendre, sentir la neige. Pour ce faire, il a pris quantité de bus, de trains, attendu d'improbables correspondances, dormi dans des *guesthouses* de fortune.

C'est dans l'une d'elles que je l'ai rencontré, dans la vallée de la Spiti, l'hiver touchant à sa fin.

Il était en tongs, avec des chaussettes qui plissaient entre les deux premiers orteils et une écharpe nouée au-dessus de la tête pour affronter les températures dont on lui avait parlé. Les vivre, c'est une autre histoire. La dernière neigée de la saison achevait de le rendre dubitatif. Certes, il n'était pas insensible au charme du paysage, brillant comme un châle d'angora, mais il avait déjà un œil sur les horaires de bus, prêt à mettre cap au sud, à dégringoler le long des routes indiennes, profitant de la pente comme le font tous les cours d'eau qui s'échappent du diadème de Mother India.

La neige faisait déjà partie de ses souvenirs et apparemment il ne souhaitait pas en faire une connaissance plus intime. Désormais, il aspirait au scintillement du sable sur le jusant des plages du Tamil Nadu.

Signé Zumthor

Destination confidentielle : Sumvitg, dans les Grisons. Le village est enneigé. Son clocher, détaché de la chapelle, simple comme une échelle, guide le promeneur par ses tintements. En forme de feuille, tout en tavaillons de mélèze, San Benedikt vire du brun rouge au gris-noir, selon l'orientation de ses façades et le temps qu'il fait.

Rien à ajouter, rien à enlever. Tout est à sa place. L'ouvrage est signé Zumthor. Le geste de l'ébéniste qu'il fut transparaît dans ce chef-d'œuvre de modestie et de rigueur architecturales, posé à flanc d'alpage.

L'histoire ne dit pas si l'architecte fut inspiré par quelque avatar de saint Joseph essaimant ses copeaux mais une chose est sûre : le bois s'impose en maître.

Une fois la porte poussée, le calme règne. À travers des fenêtres tout en hauteur, je vois pourtant un ciel chahuté. Le vent se saisit de la neige fine et sèche comme de la poussière. Des volutes libres et structurées à la fois voltigent autour de l'édifice. La neige se fait langage, langage qui unit le sol au ciel et diffuse messages, avertissements, questionnements. Qui tournoie avec tant d'insistance autour de cette chapelle ancrée dans la pente comme un esquif sur sa vague ? une cohorte d'esprits protecteurs, des derviches en transe, Yuki-onna en personne ?

Le clocher finit par se taire, parfaitement synchronisé avec la fin de la tempête. Ne restent dans l'air que vibrations : une polyphonie muette, un chœur à bouche fermée, a *bocca chiusa*. Dehors, dedans, le chaos se décante.

Le col, quel col ?

On s'attendait à un nouvel horizon, or tout est blanc, indistinct. La vallée, noyée dans les brumes et les sommets perdus dans les nuées. Une illusion d'optique confond le haut, le bas, noie tous les repères.

Jour blanc. Je flotte dans un grand silence avec l'impression de perdre pied. Les sens s'affolent, léger vertige. Je divague.

Depuis des millénaires qu'il neige sur les cinq continents, combien de flocons sont tombés ? Combien se sont confondus, noyés, évaporés ? Combien sont retournés à leur nuage, transformés, disparus sans laisser de traces durables ? Et combien réapparaîtront comme au premier jour, hésitants, violents, lascifs ? S'ils réapparaissent… Un cri de choucas, une pierre, une arête, quelques traces et le film reprend son cours. Bientôt la vallée, les perce-neige…

Le jeu de l'éternel et de l'éphémère

Il neige…

… les flocons tombent en rangs serrés puis, laissant présager une accalmie, virevoltent, nonchalants, espacés les uns des autres, dans un anonymat parfait. Je les regarde tomber, troublée par ce qui vient de si loin.

Est-ce parce que le geste est le même que celui que l'on fait pour regarder les astres – nuque renversée – que me vient l'envie de distinguer les flocons et de les nommer, comme on le fait des constellations d'un ciel nocturne : Antares, Procyon, Andromède, Aldébaran, Fomalhaut, Arcturus, Rigel, Bételgeuse, Pollux, Altaïr, Véga… elles se meuvent elles aussi, mais avec lenteur, à chacune sa révolution. Le lendemain, à quelques secondes près, elles refont le même chemin.

Rien de tout cela avec les flocons. Ils tombent, solitaires et inconnus avant de se fondre dans la masse de leurs congénères. Puis, un jour, une nuit, ils s'éclipsent au gré de la température. Ils réapparaîtront ailleurs, autrement, une autre fois. C'est le jeu silencieux de l'éternel et de l'éphémère.

Du rêve et du réel. Grand silence dans lequel j'entends chaque flocon tomber. Sur une branche veille un harfang des neiges. Regard d'un monde sans parole. Comme un éclair de vie. Impossible de faire entrer tant de profondeur dans quelques mots ; inutile de « prendre » une photo.

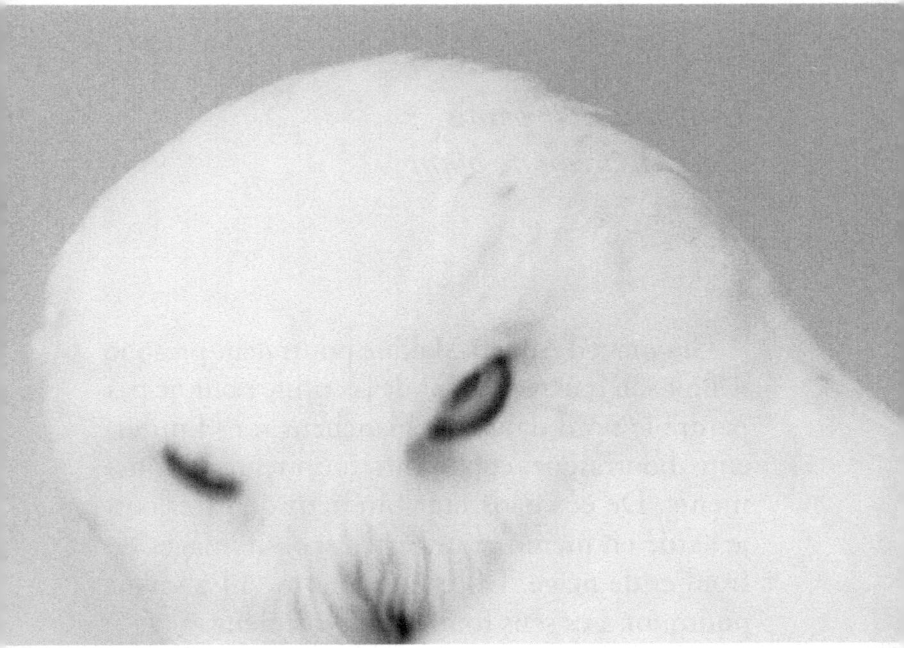

Sauf à s'appeler Masao Yamamoto.

Un point noir perdu dans un océan de blanc

Ces mots d'Andreï Makine pourraient presque définir son œuvre. Le noir de l'écriture pour ne pas perdre le nord dans une blancheur sans limites, entre bourrasques et passions, tourmentes et tourments. De ce chaos tant intérieur qu'extérieur, je garde en mémoire un patchwork d'images de froid et de neige. Dont une sonore. Allez savoir pourquoi. Les sens font ce qu'ils veulent.

Un couple se retrouve dans une chambre près d'une gare. Le collier de la femme se rompt. Les perles criblent le plancher à une cadence précipitée. La sonorité, cristalline, transperce les éléments en furie, le souffle des locomotives toutes proches, le tremblement des rails, les secousses des essieux, les rumeurs du trafic des convois en partance pour le grand blanc, ses fulgurances, ses ténèbres. Pour un temps, les humeurs du paysage et celles des personnages fusionnent.

Par le mystère des résonances, ces quelques perles font surgir un autre souvenir de lecture et me transportent dans le monastère de Tsaparang, au Tibet occidental. *Le Chemin des nuages blancs*, Anagarika Govinda. L'auteur y raconte ses pérégrinations himalayennes avec sa compagne Li Gotami. Ensemble, ils marchent de monastère en monastère pour faire le relevé de fresques. Prescience ? nombre de ces temples seront détruits par l'invasion chinoise.

Devant ces peintures qu'ils perçoivent comme de purs actes de dévotion, ils revivent les expériences de leurs créateurs. Les émotions sont au diapason lorsque, dans un froid sidéral, retentit un tintement cristallin : ce sont leurs larmes gelées qui, se brisant au sol, fêlent le silence. Tout est vibrations de pigments, d'or, de larmes, tandis que dehors règnent le blanc et le froid.

Une fois de plus, temps et espace pulvérisés. Sibérie, Tibet, quelle différence quand tinte l'humaine condition ?

Des pas sous la neige, titre intrigant d'un album de Joël Grare. Ce « paysan de la musique », comme il aime à se définir, confie que ses plus beaux souvenirs de famille appartiennent au froid. Et de leur rendre hommage par des compositions aux titres évocateurs : *Le Cou des vaches, La Buée, Les*

Grandes Jorasses Face Nord, Battements d'ailes dans le brouillard, Sonnerie de plein champ pour faire venir la neige…

Son secret ? un instrument mis au point au fil des saisons : l'éventail des cloches. Forgé par la fonderie Devouassoud à Chamonix, il couvre trois octaves et demie et permet, avec sonnailles et grelots, d'étranges explorations acoustiques des premiers sons de l'innocence.

Cette même innocence surgit des photographies de Bernard Plossu.

« *Grand dehors* » *et* « *grand dedans* »

La neige colle, la route est blanche, les villages de Tarentaise prennent leurs quartiers d'hiver. Une vieille dame guide son troupeau de vaches vers l'étable d'où elles ne sortiront qu'en mai. Elle aussi gardera le foyer : « L'église est loin, dimanche prochain ce sera sans doute ma dernière messe avant l'hiver. » Dans le potager du presbytère, un saint Christophe bientôt emmitouflé de blanc bénit quelques poireaux en berne. Des rafales se déchaînent dans tous les sens. Certains jours, la neige ne sait pas ce qu'elle veut, si ce n'est tout recouvrir. Il faudra bientôt pelleter. Dans ma mémoire, ces images sont « montées » comme un film toujours prêt à rejouer l'entrée dans l'hiver.

Malgré les corvées qu'elle annonce, « la neige du pâtre », la première, provoque une sorte de jubilation née d'un besoin vital de se replier : après le temps du « grand dehors », le temps du

« grand dedans ». Une gestation prometteuse qui s'achève toujours en débâcle. Quand le blanc se retire, c'est comme la fin d'un film, la fin d'un voyage. L'énigme est résolue, l'itinéraire accompli, le paysage dénudé. La banalité du quotidien menace. C'est le retour à la vie normale, sans excès ni aventure. L'imagination doit trouver d'autres ressorts.

Chaque hiver, aux premiers flocons, émerveillé ou inquiet, on éprouve le besoin d'en informer la cantonade. Tintin, perdu dans les Himalayas à la recherche de Tchang, ne déroge pas à la règle. « Mon Dieu, la neige ! », s'exclame-t-il depuis les anfractuosités d'une grotte. Cette vignette existe en carte postale. J'en ai toujours une en réserve pour ne pas être prise au dépourvu. À la première neigée, je me conforme à ce qu'il faut bien désormais appeler un rituel : j'en envoie une à un ami qui, comme moi, a la neige émotive. Nous partageons alors euphorie enfantine et pensée émue pour Tchang.

Ah la neige zun-zun

« Le japonais moderne compte plus de deux mille onomatopées, qui font partie intégrante du vocabulaire et ne passent pas pour puériles comme en français », nous apprend Corinne Atlan, qui œuvre sur ce point de rencontre toujours mouvant, entre deux langues, deux cultures, deux philosophies.

Au Japon, on exprime les choses comme on les perçoit. Et comme la langue est née non sur les côtes de l'archipel mais à l'intérieur, dans l'arrière-pays où l'on tend l'oreille aux divinités shinto comme au moindre phénomène atmosphérique, les onomatopées pour dire la neige ne font pas défaut.

Si les flocons volettent comme du duvet et donnent la même impression que le scintillement des étoiles, la neige fait, aux oreilles japonaises, *chira-chira*. Si elle tombe dru, elles entendent *koka*, et *dosa* si elle dévale du toit. Quand elle s'amoncelle, *kon-kon*. Et les petits Japonais d'entonner : « Ah la neige *kon-kon*, ah le grésil *kon-kon*, et tombe et tombe, et s'amoncelle *zun-zun*. »

Une connaissance qui relève de l'attention et de la poésie d'un monde qui n'est pas marchand. Pas d'écho du forfait de ski faseyant dans le vent...

Et si un jour prochain les marchands de neige étaient ruinés par le réchauffement de la planète, tel le marchand de poussière du proverbe arabe ruiné par un coup de vent ?

Autre environnement, autre culture, Peter Handke, lui, suggère une consonance entre un dérapage à ski dans de la neige fondue de printemps et l'épluchage d'un concombre !

Mais rien ne vaut le *Silence nival*... un enregistrement proposé par Frémeaux et Associés, « l'éditeur sonore qui insiste et résiste dans la tourmente de l'économie culturelle ». Son catalogue grouille de voix passées et contemporaines, de musiques de tous horizons. Et encore des enregistrements qui donnent la parole à la nature : *Les plus beaux chants d'alouettes, Le brame des cerfs, Au pays des grenouilles, Le monde des singes, Les oiseaux migrateurs*, et j'en passe. La liste, digne d'une tombola de vente de charité, s'avère, une fois ce préjugé dépassé, une mine pour qui préfère laisser libre cours à l'imaginaire plutôt que céder à l'image : une perspective onirique sans limites.

Une suggestion : peut-être pourrait-on ajouter au catalogue *Presque l'été*, *L'Eau sur les mousses*, et *Silence nival* : le son de la cendre d'encens qui tombe au cours des méditations hivernales au cœur des monastères enneigés du Koyasan.

Devenir rien

Takara, la nuit où j'ai nagé : lente et silencieuse déambulation d'un petit garçon de six ans, filmée à hauteur d'enfant dans un paysage enneigé. Pas un mot, seuls les sons ambiants amortis par la neige omniprésente. L'histoire est simple : réveillé chaque nuit par le départ de son père poissonnier qui se rend au marché, Takara n'arrive pas à se rendormir. Une nuit, il dessine un poisson et, au matin, glisse le dessin dans son cartable. En chemin vers l'école, il prend la tangente et se lance à la recherche de son père. Takara erre dans cette blancheur, comme un poisson dans l'eau. Il titube, ivre d'interdit, de liberté, de froid, de blanc. Ce blanc qu'il explore de mille et une manières et qui, en boule dans ses mains chaudes, se fait translucide, transparent, bientôt liquide, bientôt…

Fascinant spectacle que cette matière en train de devenir RIEN.

74
MOSTRA INTERNAZIONALE D'ARTE CINEMATOGRAFICA
la Biennale di Venezia 2017
ZABALTEGI-TABAKALERA
FESTIVAL DE SAN SEBASTIÁN
2017
TAKARA
KOGAWA
TAKARA
LA NUIT OÙ J'AI NAGÉ 泳ぎすぎた夜
DANS UN FILM DE DAMIEN MANIVEL ET KOHEI IGARASHI

Ouvrir la porte un soir de neige et voir quelques flocons entrer dans la maison, portés par l'air glacé, puis disparaître dans la chaleur intérieure.

Loin du rythme ordinaire d'un enfant, Takara observe, expérimente : la nuit lors de ses insomnies sur sa feuille de dessin, le jour dans le froid et l'éclat de la neige. Quête du père, certes, mais aussi recherche d'une place dans ce vaste monde, d'autant plus vaste que, paré de blanc, il semble illimité. Le temps de son échappée, la neige lui tient lieu d'école. Une école sans cahier. Un enseignement muet.

Sans escales

C'est l'hiver. À travers la vitre de mon compartiment, un continent d'une blancheur sans limites défile. Quelque peu ébrouée par les incessantes vibrations des essieux du Transsibérien, je lis *Les Pérégrins* d'Olga Tokarczuk : « Suis-je à mon point de départ ou déjà sur le lieu de ma destination ? Est-ce qu'il existe "un entre-deux" ? Est-ce que j'obéis à la même loi que celle dont aime se prévaloir la physique quantique, à savoir qu'une particule peut exister dans deux endroits en même temps ? »

Il me reste 9 288,2 kilomètres pour y cogiter.

Au premier matin, après une courte nuit, j'écarte le rideau du compartiment qui sera ma chambre de Moscou à Vladivostok. Première vision, la façade d'une isba peinte d'une partition. Pas le temps ni la compétence pour la lire. La veille, déjà, dans la salle d'attente de la gare

Iaroslavl, trônait un quart-de-queue. La musique est du voyage. Quelques flocons explorent maintenant l'espace avec lenteur, exactement comme nous, voyageurs, prenons nos marques pour une traversée à travers la steppe. Nous avons le temps et l'espace devant nous.

Quelle sorte de *Voyage d'hiver* nous attend ? Désormais, plus que du blanc.

La neige comme un présent, aux deux sens du terme. Avant ? Après ? Le temps est suspendu. Reste cette infinie blancheur, tel un rouleau de peinture chinoise.

Cadeau ou piège ?

Dans une vision du monde où tout interfère, l'individu n'a pas le rôle principal. Les physiciens l'ont prouvé, ce sont les principes organisateurs qui priment sur ce qu'ils organisent. Ici, le froid, la neige, la distance. Ce sont eux qui déterminent toute chose. D'où la vanité d'une stratégie exclusivement matérialiste. Malgré ses troupes et l'artillerie, Napoléon fut battu par le froid et la steppe.

Pour la première fois, l'aigle baissait la tête [...]
On ne distinguait plus les ailes ni le centre :
Il neigeait. Les blessés s'abritaient dans le ventre
Des chevaux morts ; au seuil des bivouacs désolés
On voyait des clairons à leur poste gelés,
Restés debout, en selle et muets, blancs de givre,

Collant leur bouche en pierre aux trompettes
de cuivre [...]
Le ciel faisait sans bruit avec la neige épaisse
Pour cette immense armée un immense linceul;
Et, chacun se sentant mourir, on était seul.
– Sortira-t-on jamais de ce funèbre empire ?
Deux ennemis ! le Czar, le Nord. Le Nord est pire.

Victor Hugo

Dans les tourbillons d'une neige sèche de froid, les feux de tête d'une locomotive apparaissent dans la nuit sibérienne. Quelque part dans la steppe de la Baraba, un train entre dans une gare confidentielle au nom occulté par des tourbillons de neige. Depuis le quai, on voit s'approcher le convoi au ralenti dans le gémissement métallique des essieux, comme un chaman pénétrant le cercle sacré au son rythmique du tambour, caché derrière son masque aux sourcils en poils d'écureuil.

Au-delà des voies, le scintillement des isbas, telles des pouponnières stellaires : chaque lumière suggérant une histoire. L'hiver, le froid, la nuit ne favorisent pas les rencontres mais tout conspire à les imaginer.

Effets spéciaux

Je me souviens de la première image de mon premier spectacle de Bartabas.

J'ai oublié le titre. Sur une scène circulaire, un troupeau d'oies cacarde. Dans la lumière des projecteurs, une neigée féerique emplit l'espace tandis que s'élève une musique d'ailleurs. À l'instant, Aubervilliers, balayé.

Décollage immédiat avec San Giuseppe da Copertino, as de la lévitation, patron des aviateurs cher à Cendrars, avec Foudre Bénie, mon moine préféré. Destination inconnue : le Baragan de Panaït Istrati ? Le septentrion survolé à dos d'oie par Nils Holgersson ? Le village fantôme de Tcherkaski enchanté par la plume de Raditchkov ? En tout cas, un univers épique de froid, de neige dans lequel règnent en toute connivence paysans, cigognes, oies, geais, chardons, chênes, bouleaux, rochers, nuages, neige. Quelle différence ?

Quelques années plus tard, retour à Aubervilliers : même espace, autre spectacle, autre saison. Cette fois, un concert de musique soufie : vibrations des voix. Pas de neige au programme mais des tapis couverts de pétales de roses qui, tels des flocons, ajoutent une fragrance florale à la poussière des motifs tissés. Charme des *Mille et Une Nuits*.

J'aime les effets spéciaux sur scène. Comme ce petit tambourin-tamis qu'un personnage tapote pour faire neiger au-dessus du parapluie d'une geisha s'éclipsant à petits pas précipités vers les coulisses. L'image tout droit sortie du spectacle d'Ariane Mnouchkine, *L'Île d'or*, vient aussitôt s'inscrire dans mon album intérieur d'estampes de neige.

Entre le moine habillé de noir sous son chapeau blanc arc-bouté sur sa canne de bambou dans une neige tourbillonnante signé Kamisaka Sekka et *Un soir de neige à Terajima* de Kawase Hasui.

Les 100 000 chants de Milarepa

Par une journée grise et sans éclat, Milarepa me tient compagnie sous la tente dans une haute vallée ladakhie. Alternance de lecture, de virées dans la caillasse lichéneuse, histoire de me dégourdir les jambes, et d'observations : une caravane de yaks entame la montée vers le col que j'arpenterai le lendemain, comme un curseur sur une longue diagonale ascendante.

Le matin, je savoure la perspective de la journée de repos qui se profile devant moi. Mais elle finit par s'éterniser dans l'inconfort : repos, certes, mais aussi panne de rythme. En montagne, seule la marche est confortable. L'immobilité n'est pas faite pour l'altitude.

Sous l'effet des basses pressions d'une météo maussade, je sombre petit à petit dans une déprime barométrique avant de tomber sous le charme du *Chant des montagnes enneigées* :

La neige tomba neuf jours et neuf nuits
Elle tomba dix-huit jours et dix-huit nuits avec force
Puissante était la chute
Aussi serrée qu'une touffe de laine.
Les flocons tombaient en planant tels des oiseaux
Aussi minces que le chas d'une aiguille,
Ils tombaient en vrillant ainsi que des abeilles
Encore plus petits qu'une graine de moutarde,
Ils tombaient, roulant au sol comme la grêle.
[…]
Sous l'effet d'une si grande chute
Par force confinés chez eux, les hommes devinrent otages.

Villes de neige

J'ai beau ne pas être née de la dernière neige et avoir souvent parcouru Madrid, l'apparition d'un traîneau à chiens Plaza Mayor dans un nuage de poudreuse m'a ravie… La scène avait de quoi réveiller les mythologies les plus farfelues, faire naître de nouveaux contes et légendes.

Nous étions début janvier, l'Espagne célébrait l'arrivée des Rois mages à Bethléem en même temps que l'étrangeté d'une chute de neige historique, la plus importante depuis un demi-siècle. Le calendrier et les conditions météorologiques étaient propices aux broderies fabuleuses : *los reyes* auraient-ils raté la crèche, se seraient-ils égarés sur ces plateaux de Castille, battus contre les moulins à vent ?

La réalité est non moins extraordinaire. En ce début d'année 2021, la tempête Filomena avait métamorphosé la capitale. Et les Madrilènes skiaient, glissaient, façonnaient d'énormes bonshommes de neige. Comme si le ciel avait sonné la récré. Ces quelques chiens de traîneaux harnachés par leur maître respiraient enfin un air adapté à leur constitution. Quant à nous, simples badauds, nous savourions cette vision que rien ni personne ne pourrait ternir. L'Espagne, économiquement affaiblie, avait beau licencier à tour de bras, comme on déneige un vulgaire trottoir, cette chute de neige imprévue apportait un air de liberté élémentaire.

« Gubbio sous la neige est sublime » : un télégramme qui suffit à propulser Fulvio Roiter dans le premier train vers la terre promise. Par la fenêtre, toute la Vénétie sous un épais manteau neigeux. Mais, à l'arrivée, la neige est grise et fondue. Désenchantement.

Peut-être à Norcia en reste-t-il encore ? Le photographe poursuit sa quête. À l'arrivée, pas un flocon. Les routes sont blanches, mais de poussière. Peut-être à Savelli ? lui souffle encore un garde forestier. Cette fois, c'est la bonne. Réveillé par le silence propre aux grosses chutes de neige, Fulvio Roiter est récompensé. Une fine pluie de talc a redessiné le paysage. Le photographe est immédiatement touché par la présence de deux amandiers dont la ramure dessine une toile d'araignée dans le ciel. C'est la première image d'une série inoubliable.

Sortie de la messe, un 6 janvier, le jour des Rois. Au-dessus de Savelli, une petite localité perdue dans la neige, comme une crèche, San Marco. Un signe pour un Vénitien. Fulvio Roiter monte voir. Ses pas s'enfoncent dans la neige quand il perçoit un bruissement étouffé… Un loup ? En Ombrie, terre de saint François, celui de Gubbio est dans toutes les mémoires. Le chant XXI des *Fioretti* raconte la légende selon laquelle le saint transforma l'animal affamé et féroce en « frère loup » bienveillant avec la population qui promit de le nourrir jusqu'à la fin de sa vie. Non, cette fois, point de loup, mais un homme et deux mulets marchant dans la neige. Fulvio Roiter, fébrile, réalise quelques clichés jusqu'à trouver le cadrage parfait pour immortaliser cette modeste caravane traversant une chênaie dans un silence épiphanique.

Comme au théâtre

Le changement de décor a eu lieu dans le noir. Au matin, la neige est là, dans le paysage des Alpujarras comme dans les conversations, impossible de l'ignorer. Chaque millimètre carré est recouvert d'une multitude de cristaux, « décoré » d'un motif répété à l'infini. Tout a disparu, tout est révélé.

Le lendemain, autre décor, autre vertige : l'Alhambra aussi silencieux que la Sierra, est assiégé par des volutes de neige. Tandis que dehors tourbillonne une multitude de petits hexagones, dedans c'est le règne des motifs pentagonaux, les *girih*.

Pas meilleurs guides que les nombres pour se perdre dans l'incommensurable. La nature et l'art, chacun avec son alphabet, rivalisent de beauté. Aucune nécessité de choisir. Une rencontre est toujours unique.

Léopards, panthères et libellules

The best climber, the best hunter, the best killer. Le poster ainsi légendé et quelque peu défraîchi représente une panthère des neiges. Il est punaisé au-dessus d'un frigidaire éteint. La température de la pièce avoisine zéro degré, inutile de gâcher l'électricité.

Je suis dans une gargote perchée dans une haute vallée himalayenne encore encombrée de neige. Le félin rôde peut-être dans les parages…

Je me contenterai de son effigie et, plus tard, raconterai cette rencontre de papier à un enfant peu impressionné qui savait déjà tout sur le sujet : « Le mec (entendez l'animal) dort en enroulant sa queue sous sa tête, en guise d'oreiller et pour ne pas se geler les oreilles ! » Les enfants, toujours admiratifs des astuces et des combines.

L'actuelle panthère du Jardin des Plantes, probablement née en captivité, connaît-elle l'histoire de son illustre prédécesseur, premier spécimen du genre *Felis Irbis*, dudit Jardin ? Un article lui est consacré dans *La Nature* en février 1895. Offert par le prince Gagarine, secrétaire d'ambassade à la légation de Russie de Boukhara, l'animal arrive à destination grâce à l'aimable intervention d'Édouard Blanc (ça ne s'invente pas !), grand explorateur de l'Asie Centrale. Pour ce faire, le gouverneur du Turkestan, le général baron Wrewsky fait capturer une panthère des neiges dans les montagnes du Pamir. Il la fait transporter jusqu'à Tachkent, où Gagarine en prend possession afin de la convoyer en voiture jusqu'à Boukhara.

Le directeur du Muséum d'Histoire naturelle fait aussitôt intervenir les consuls de Tiflis et de Bakou pour faciliter le transport de l'animal jusqu'à Paris. Sur le papier, rien de plus simple. Mais la Compagnie des chemins de fer russes de l'Asie Centrale refuse de transporter un tel animal. Le prince devra le faire accompagner à ses frais par un homme de confiance. Le consul de Bakou hérite de cette mission hautement diplomatique et voyage donc avec ladite panthère, de Bakou sur la mer Caspienne à Batoum sur la mer Noire. Où il pourra enfin embarquer à bord d'un navire des Messageries maritimes, le *La Bourdonnais*, destination Marseille.

S'ensuit une halte bien méritée au Jardin zoologique de la cité phocéenne, histoire que l'animal reprenne ses esprits avant de monter dans un train jusqu'à la capitale. L'once, ou *Felis Irbis*, a été si bien nourrie et choyée par Gagarine (viande de boucherie, lait frais...) qu'à son arrivée elle reste de marbre devant le lapin vivant offert en pâture, avant de laisser parler son instinct sérieusement mis à mal loin de ses neiges natales.

L'animal est si emblématique qu'il a servi de symbole d'excellence à l'âge d'or de l'alpinisme soviétique. Les grimpeurs ayant contribué à glorifier l'idéologie d'un monde nouveau par l'ascension de tous les sommets de plus de 7 000 mètres de l'URSS étaient gratifiés du prestigieux titre de *Léopard des neiges*, une médaille très convoitée. Presque un trophée. Ce qui ne les protégea pas de la Grande Terreur ni des purges du siècle rouge.

Dans un esprit d'empathie, je suggère une pensée émue pour les frères Vitali et Evgueni Abalakov, et bien d'autres encore, sortis de l'oubli grâce au livre de Cédric Gras : *Alpinistes de Staline*. On y découvre combien on a vite fait de passer du statut d'alpiniste de haut niveau à celui de bagnard !

À l'opposé des exploits en tout genre, rien ne me comble autant que l'humble témoignage de Peter Matthiessen parti crapahuter avec le zoologiste George Schaller, autour de la montagne de Cristal dans le Haut Dolpo – une expédition qui s'avère plus spirituelle que scientifique. À la question qu'on ne cesse de lui poser à son retour, il répond dans l'acceptation totale de ce qui est :

« Avez-vous vu le léopard des neiges ?

– Non ! n'est-ce pas merveilleux ? »

Et la libellule des neiges ? on a bien inventé le dahu, le yéti... Alors pourquoi pas une libellule des neiges ? En tout cas, avec son étymologie (*libellus*, petit livre) propice à l'imagination, elle figure dans mon bestiaire imaginaire – je note au passage que la libellule a autant de *l* que d'ailes. Légère et insaisissable, donc. Il faudrait un film d'animation de Miyazaki pour la représenter se frayant un itinéraire parmi les flocons, évitant les plus lourds gorgés d'eau, se désaltérant d'un cristal scintillant happé au vol, ébrouant ses ailes givrées. Mais le vol farfelu de la libellule ne traverse pas l'hiver.

Pourtant odonate et flocon ont un air de famille : muets tous les deux, six pattes pour l'un, six branches pour l'autre et surtout la liberté chevillée au corps. La légèreté est leur manière d'être au monde. Malgré ces affinités, ils ont peu de chance de se croiser. Pour preuve, pas la moindre trace hivernale de cet insecte dans l'art, y compris sur l'île de la libellule, Akitsushima, ancien nom du Japon comme nous l'apprend Lafcadio Hearn dans son livre sur les insectes. Il y explore poésie et légendes, et énumère quelques spécimens : libellule en jupe noire, libellule parapluie, libellule aux reins brillants, libellule poisson salé, libellule tige d'orge, libellule démon, libellule fantôme, libellule de l'esprit des ancêtres, libellule de la montagne noire… Difficile de m'arrêter ! Mais pas trace de libellule flocon, libellule stalactite, libellule en robe de givre, libellule cristalline, libellule aux ailes de coton.

Rien n'empêche d'en rêver…

Ou de se contenter d'autres rencontres entomologiques.

Un expert m'apprend que la neige de printemps pullule de puces de neige qui en réalité n'en sont pas et appartiennent à la famille des collemboles. Pas de piqûres à redouter donc. Je tends l'oreille. Chuintement. Le blanc fond à vue d'œil. Sur la table de bois, plus que quelques flaques d'eau qui s'évaporent. L'air est encore cru, le soleil déjà chaud. Les premières mouches apparaissent. Trois d'entre elles élisent leur goutte et se désaltèrent avant qu'il ne soit trop tard.

À les observer, je nous imagine, nous tous, réduits à en faire un jour autant autour de nos glaciers moribonds.

Je l'ai assez dit, et sur ce point les scientifiques sont d'accord, chaque flocon est unique dans sa forme. Mais il en est un particulièrement unique !

Copito de Nieve, Flocon de Neige, fut l'attraction du zoo de Barcelone en même temps que la mascotte de la ville pendant des années. Né en Guinée équatoriale et mort dans la capitale catalane en 2003, *Copito de Nieve* était un gorille mâle, albinos, qui malgré une descendance nombreuse n'a pas engendré d'individu présentant la même caractéristique que lui. Il n'aura donc jamais connu de semblable.

Italo Calvino, dans *Monsieur Palomar*, le décrit serrant contre lui un pneu, comme s'il contribuait à calmer l'angoisse de l'isolement. Et Calvino, alias monsieur Palomar, de s'interroger : « En s'identifiant avec lui (le pneu) peut-être le gorille est-il sur le point d'atteindre au fond du silence les sources d'où jaillit le langage, d'établir un flux de rapport entre ses pensées et la sourde, l'irréductible évidence des faits qui déterminent sa vie… » Nous ne le saurons jamais.

L'étrangeté du destin de *Copito de Nieve*, qui m'émeut même (et surtout) si je ne suis jamais allée lui rendre visite, ne s'arrête pas là. À sa mort, ce grand singe fut incinéré, et ses cendres furent recueillies dans un prototype d'urne bio : mélange de coco et de cellulose ! Ultime singularité, l'urne contenait aussi de la tourbe incluant une graine de marronnier du Cap – *Calodendrum capense*, un autre géant. On peut donc aujourd'hui encore approcher *Copito de Nieve*, sous sa forme végétale cette fois. Une métempsycose qui ne fait qu'amplifier et prolonger la bizarrerie de son destin. Paix à son âme.

« Elle souffle ! Elle souffle !!! Une bosse comme une colline de neige ! C'est Moby Dick ! », s'écrie Herman Melville.

Ce qui donne sous la plume de Georges Perec dans un récit sans la lettre *e*, donc sans *neige*, si ce n'est sublimée (*La Disparition*) : « Blanc sur l'horizon lapis-lazuli, Moby Dick soufflait. Son dos faisait un mont nival, brouillard blanc qu'un vol d'albatros nimbait. »

Il me plaît de voir dans Moby Dick l'âme sœur de *Copito de Nieve*. Démesure et blancheur dans les deux cas. Dans cette couleur, qui est une absence de couleurs et qui les contient toutes, réside le pouvoir de fascination du cétacé.

« Est-ce cela qui donne son sens au vide muet d'un vaste paysage de neige ? », s'interroge Melville. *Vide muet*, plus vaste que la parole, ouvrant des perspectives inconnues, basculant les horizons, comme si la Voie lactée était tombée sur terre.

Il neige…
Tout est si beau

Le paysage apparaît endimanché. C'est comme si quelque chose allait se passer, qu'un enfant allait naître. Puis le blanc se tasse, laisse place à l'apparition du noir : neige et rochers, neige et routes, neige et branches. Contrastes incisifs.

Comment s'y prendre ? Doser le noir, le blanc ; un casse-tête. « Le sommet de l'art, c'est savoir utiliser le blanc et le noir », observe Leon Battista Alberti, depuis son Quattrocento.

Je pense aux peintres chinois qui savent si bien laisser la neige au blanc de la page. Seuls quelques traits à l'encre la délimitent.

Plus près de nous, Soulages. Il a cinq ans lorsque sa mère, le voyant tracer des lignes noires, lui demande ce qu'il peint. La réponse ne se fait pas attendre : « De la neige. »

De quoi s'emmêler les pinceaux !

En appeler à toutes les couleurs de la palette.

Les pentes enneigées de Kirchner, bleues, roses, violettes, jaunes... Turquoise, mauve, la neige de Roerich traversant les Himalayas sous des citadelles de nuages... Presque bleue celle d'Igor Grabar, comme des draps lavés avec une pincée d'indigo... Si contrastés les sous-bois enneigés d'Edvard Munch...

Sont-ils voyants tous ces peintres pour révéler les couleurs qui sommeillent derrière le blanc ? À leur manière, ils montrent ce que les physiciens démontrent. Si l'on peut voir l'eau, la glace, la neige dans leur transparence, c'est qu'elles réfléchissent lumière et couleurs. Réunies, elles donnent du blanc. Les peintres font le chemin inverse. Leurs toiles se couvrent de toutes les nuances réfléchies.

Et parfois de surnoms révélateurs. Ainsi Chu Ta, génie du trait et du retrait dans la nature. Ce peintre de la dynastie Ming a œuvré toute sa vie en quête d'une spiritualité sauvage au point de signer sa peinture en s'abreuvant à la source. Parmi ses multiples pseudonymes, je ne peux passer sous silence les plus immaculés : Bonne lune, Robe de neige, Neige à part...

Neige, nuit, lune

La pleine lune des neiges est celle de février, le mois qui enregistre les plus fortes chutes de neige, dit-on chez les Amérindiens. La température tombe et transforme la poudreuse en paillettes étincelant dans l'entrave de mes spatules. Gerbes fluorescentes. Crépitement des étoiles. Crissement des pas. Un conte de fée malgré l'effort, malgré le froid.

Je voudrais que jamais le jour ne se lève ; que les visions nées dans la montée claire obscure jamais ne s'éteignent. Et savourer l'inépuisable sauvagerie de la neige. La neige, précieuse boîte noire.

J'aime les congères. Celles du col du Lautaret, au printemps, n'en finissent pas de se hausser du col ou de fondre selon les caprices de la météo, dans un mouvement de yoyo ralenti. Je me demande ce que donnerait un film accéléré de ces multiples couches de neige qui s'empilent et se tassent au gré de la température. Accélérée, l'image serait saisissante. Comme l'est celle qui accueille le visiteur du musée ethnographique de Genève. Des vagues, filmées depuis le ciel, vont et viennent sur le sable et sont projetées sur un écran panoramique. Ce qui offre un spectacle vertical du flux et reflux. L'illusion de voir des « montagnes d'eau » est parfaite.

Retour au col du Lautaret. Chaque épisode neigeux a laissé sa trace, comme une strate géologique. À observer ce mille-feuille, on peut raconter l'hiver, compter les chutes de neige, compter les périodes de gel ou de fonte. Le blanc n'y est qu'un souvenir, le gris a pris ses aises et l'on dirait presque un vieux béton avec ses épaufrures.

Comme dans la série d'images que Nicolas Bouvier fit à Tokyo : de simples passants, devant un mur patiné par le temps et les intempéries. À la fin du printemps, quelque pas entre ces murs de neige compacte et l'on se sent dans une glacière malgré le soleil déjà chaud. Un chaud-froid qui fait partie de ces « délices » d'altitude, comme les onglées.

Une braise

La blancheur n'a jamais autant d'éclat que lorsqu'elle est en perdition.

Les formes infinies des névés

Bientôt, plus que des névés. Leur esprit de résistance me plaît et il m'arrive, en les regardant, de faire le vœu que l'hiver revenu, la neige soit abondante. Exactement comme les Japonais qui, lors de la cueillette des kakis, laissent un fruit sur l'arbre, *kimamori*, pour que la récolte suivante soit prolifique. Le névé a quelque chose de cet ordre : un relais d'une saison à l'autre.

Il y a les névés comme des taches de pâquerettes ou de perce-neige, répartis en apparence de manière aléatoire. D'autres, pugnaces, se cramponnent à des replis de terrain ombreux où ils tentent de survivre, offrant quelques mètres carrés à la trace des marcheurs. Je me souviens qu'enfant la traversée d'un névé conférait une certaine aura à nos balades. S'enfoncer dans la neige en été n'était pas donné à tout le monde. Avec une modestie de cumulus et une résistance hors pair, les névés

attendent bravement la chute des premiers flocons de l'automne pour se régénérer. Puis l'hiver à nouveau et encore le printemps. Sans fin. Sans fin ?

Je me suis toujours demandé s'il n'existait pas, au fond de quelque vallée, des techniques divinatoires fondées sur l'observation des névés ? Une « névémancie », en somme, permettant de prédire l'avenir selon l'emplacement et le contour : en forme de cercle, de croissant de lune, de cloche, de museau de chamois…

Des pentes ocellées de blanc, les paysans tirent quelques adages : « Plus que quelques taches sur les versants nord, il est temps de planter en plaine. »

On lit bien dans le marc de café.

Il faudrait un Abercrombie des névés pour mettre un peu d'ordre entre les ponctuels, les échevelés, les langoureux, les tentaculaires, les stellaires, les omphaliques, les atomiques ; et ainsi garder la jouissance de les voir jaillir chaque fois que le regard ose.

Dans l'aridité des îles grecques, chapelles et villages sont chaulés comme d'ultimes éclats de neige. Mon névé préféré : le monastère d'Amorgos, droit dans ses bottes.

Il neige
et il neige

… sans interruption depuis le matin puis toute la nuit encore.

Léger grésillement d'abord puis frôlement imperceptible sur la toile de tente posée au milieu du glacier d'Aletsch, au lieu-dit Concordiaplatz. Les Japonais ont sûrement une onomatopée pour traduire le son de la neige qui glisse le long des parois d'une tente. Et les Inuits un mot pour dire la neige qui recouvre et ensevelit, la neige qui tombe en foule silencieuse.

De temps en temps, il faut sortir pelleter pour ne pas être enneigé vivant. Malgré le jour qui se lève, l'impression d'obscurité demeure, une obscurité blanche. Engourdissement et pesanteur. On dit que les basses pressions provoquent des rêves d'un temps révolu : rêver à une personne morte annoncerait le mauvais temps.

Je n'ai pas dormi, donc pas rêvé, si ce n'est éveillée : humeur neigeuse. Cocon du glacier, cocon de la tente, cocon de mon crâne. La neige franchit toutes les barrières une à une. Il neige dans mes pensées. Il ne peut pas faire plus blanc.

Il faut réagir, sortir, s'ébrouer, ne plus subir, faire sa trace dans cette clarté ténébreuse, trouver l'entrée invisible d'un tunnel jusqu'à un petit train à crémaillère traçant son chemin au cœur de la montagne – comme une marmotte dans sa galerie. La pente est raide. Il faut la remonter sans casser la neige. La neige n'aime pas être cisaillée.

L'alternative est toujours la même quand le blanc prend ses aises. Quitter le piège ou s'en faire un abri.

Dans *Dersou Ouzala*, film de Kurosawa adapté du récit de Vladimir Arseniev, il n'y a pas de fuite possible pour l'explorateur chargé du relevé topographique de la région d'Oussouri. La taïga sibérienne est une prison à ciel ouvert où le ciel peut soudain prendre les commandes. Arseniev et un chasseur rencontré lors de ses arpentages doivent faire face au déferlement de la tempête.

« Capitaine, à l'œuvre ! J'ai très peur. La mort est proche de nous. Arrache l'herbe avec tes mains ! »

S'ensuit, dans une hâte éperdue, la confection d'une hutte de fortune : herbes et cordages sont tressés pour maintenir une toile que chaque bourrasque de neige risque d'emporter. Grâce au savoir-faire de Dersou Ouzala, petit homme aux yeux bridés, ils échappent à la mort. Après la tempête, face à la reconnaissance d'Arseniev, Dersou Ouzala, pragmatique et factuel, souligne l'évidence : « Voyons, nous avons marché et travaillé ensemble. Point de remerciements ! »

Pas de salamalecs dans la taïga.

Les grosses chutes de neige ont ceci de particulier qu'elles effacent les repères tant physiques que mentaux.

On se souvient de *Shining* de Stanley Kubrick, adapté du livre de Stephen King. Un homme accepte un emploi de gardien dans un grand hôtel déserté l'hiver. Son objectif, ancrer son inspiration dans les montagnes du Colorado pour écrire un roman. Sa femme et son fils l'accompagnent dans ce changement de décor.

L'homme – interpété par Jack Nicholson – se met à écrire inlassablement au rythme de la neige qui tombe bientôt sans discontinuer. La petite famille est désormais coupée du monde. Inquiète, la femme décide un jour d'entrer dans le bureau de son mari, en son absence. Effroi : le manuscrit ne comprend qu'une seule et même phrase répétée à l'infini…

Moins angoissant, mais perturbant quand même, cette bâtisse perdue elle aussi en pleine montagne dans un parfait isolement neigeux, et dévolue aux gardiens d'un barrage. Leur unique préoccupation consistait à couvrir les murs d'images obscènes.

Pour effacer ce souvenir encombrant, je préfère garder en mémoire le petit chalet d'une paysanne, isolé dans un alpage. Aussi soigné que modeste, il respirait l'harmonie et la délicatesse. Comme les tableaux du siècle d'or de la peinture hollandaise. Aux fenêtres, des rideaux de dentelle découpés dans du papier journal (faute de mieux ?) laissant passer une lumière diaphane. Au cœur de l'hiver, elle ciselait les pages de petits cristaux qui viendraient filtrer la clarté des heures qu'une vieille horloge égrenait.

Urbain et ses rêves

Malgré l'éclat de l'enneigement et des flocons qui tournoient dans l'espace, la lumière décline. L'hiver a à peine un mois. Soudain, le vent se lève et avec lui l'envie de s'abriter. L'alpage semble désert jusqu'à l'apparition d'une loupiote : un petit phare dans la pénombre. Nous savons qui habite là, nous l'avons déjà rencontré au cours de précédentes randonnées. Mais nous n'avons jamais été invités à rentrer chez lui. Berger de son état, braconnier à ses heures, de grande stature, un regard d'altitude, il vit seul – sans compagnie humaine, du moins. Nos voix l'alertent et, la tempête se précisant, il se met sur le pas de la porte pour nous faciliter l'approche. Nos pieds s'enfoncent dans une neige de plus en plus profonde. Quand nous atteignons sa bâtisse, un silence complice et un regard entendu nous tiennent lieu de retrouvailles. La conversation s'engage sans commentaire, tout entière consacrée à la tempête impromptue. Nous prenons soin de ne pas faire entrer trop de neige dans ce qui, ce jour-là, est notre refuge. Urbain, le sauveur, vit dans une pièce contiguë à l'étable. Pas de superflu. Une table, une chaise, une couche dans un recoin ombreux. Quelques étagères avec des réserves élémentaires dont trois bouteilles : comme les chaises dans la cabane de Henry David Thoreau, une pour la solitude, deux pour l'amitié, trois pour la société ? En tout cas, de quoi lutter contre l'adversité. Une première, puis une deuxième bouteille facilitent l'alternance de considérations météorologiques et philosophiques, les secondes découlant des premières : le temps fait ce qu'il veut, nous ce qu'on peut…

De longues poses silencieuses, non moins riches d'informations, donnent de temps à autre la parole aux bourrasques. De verre en verre, ce petit vin blanc né à flanc de coteaux à une ou deux culbutées de lapin de l'alpage libère notre homme de sa réserve. Me voyant intriguée par quelques cornes dépassant de sa paillasse, il me confie qu'il garde ses animaux après leur trépas. Joignant le geste à la parole, il soulève le mince matelas : un ossuaire fait office de sommier, troupeau immobile dans l'attente d'une simple évocation pour renaître. Seuls sont conservés les crânes avec leurs cornes.

Urbain se souvient de chaque animal qu'il appelle encore par son nom. Il raconte ses chèvres trépassées comme si elles avaient gambadé le matin même dans les alpages : couleur du poil, âge, caractère, fugues d'altitude pour s'ensauvager auprès de quelque chamois, tout y passe. Dans le bêlement du troupeau voisin, Urbain redonne vie à ses bêtes disparues et, remontant le temps, semble lui aussi rajeunir.

La nuit installée, il allume une bougie et éteint l'unique ampoule qui jusque-là nous éclairait. Cette scénographie, spontanée et subtile, digne du Caravage, nous embarque dans une cavalcade de visions. La flamme vacille dans les courants d'air animant chaque crâne. Je vois dans les orbites la pupille horizontale faite pour balayer les grands espaces et détecter les prédateurs. Mortes et vives, les chèvres ne forment plus qu'un seul troupeau, une gigantesque fresque, une parade sauvage digne des grottes de Chauvet. Ses histoires font jaillir des éclats de paysage, des coins de ciel percé d'étoiles, des odeurs d'altitude. Et comme l'essentiel doit être tu, ses silences agissent comme des tremplins. Les pieds solidement ancrés dans la terre battue, il maîtrise l'art de se balader dans l'entre-monde, là où n'existe aucune barrière entre les vivants et les morts. Le clair-obscur silencieux de son antre est propice aux embardées de l'imagination. Comme les chamans magdaléniens, Urbain trouve son inspiration dans la proximité avec les esprits de la nature. Le mystère rôde dans un mouvement de flux et reflux accordé aux courants d'air qui s'infiltrent par les huisseries.

Aujourd'hui encore, je m'interroge. À quoi pouvaient ressembler ses rêves lorsqu'à la nuit tombée il s'allongeait sur son éboulis de crânes ? Quelles étaient ses révélations nocturnes ? S'il a rejoint le paradis des chèvres, a-t-on eu la délicatesse de laisser son crâne parmi ceux de ses animaux ? Dans une lente déliquescence, une poudre d'os s'est sans doute formée puis dispersée aux quatre vents. Os et neige, plus que du blanc.

Les nuits de pleine lune, lorsqu'une clarté laiteuse baigne son alpage enneigé, le fantôme d'Urbain empoigne peut-être une corne de chèvre, tel Roland son olifant, demandant le secours des esprits pour préserver sa montagne des prédateurs cupides et sans limites. Qui sait tendre l'oreille entend encore dans l'air de légères et joyeuses vibrations, signes de ces vies qui jamais ne s'éclipsent mais colportent à l'infini les scintillants silences de la neige.

Minutieuse et silencieuse

Il neige…

… sur les peintures rupestres des Montes Universales, en Aragon. Le paysage s'estompe. Chute minutieuse et silencieuse.

J'imagine la rudesse du quotidien au temps des hommes des cavernes. Lutter contre le froid, l'humidité, la faim. Se réfugier dans les grottes ou cabanes. Chasser.

Dans la neige, chaque pas rappelle le premier pas du premier homme.

Les gens de neige forment une famille au-delà de temps et de l'espace. Un Savoyard a peut-être plus de complicité avec un Nenet qu'avec un Niçois. Leur patrie c'est elle : *nix, chióni, nieve, neve, Schnee, snow, sne, sneg, barph, nun, xuě, yuki…*

La voix des morts

Par une belle journée d'automne dans les Alpes méridionales, entre Italie et Autriche, deux randonneurs trébuchent sur un corps rendu par le glacier. Ce sont là choses qui arrivent. Mais cette rencontre, jaillie des plis du temps, est vertigineuse. Car ces trois-là avaient bien peu de chance de faire connaissance.

« Ötzi », ainsi baptisé puisqu'on l'a découvert dans l'Ötztal, fut momifié naturellement après sa mort (au combat ? des suites d'une chute ? allez savoir !) il y a quelque 5300 ans. Une occasion inespérée pour les scientifiques d'approfondir leurs approches encore lacunaires sur cette période. Certes, la chaîne du froid s'est interrompue, mais rien n'empêche un état des lieux anatomique : le dernier repas du malheureux, la santé de ses dents et de son ossature, ses tatouages (thérapeutiques ?), sa tenue vestimentaire, les traces de pollen sur les fibres végétales de son manteau et sur ses chaussures rembourrées de foin, ses armes, ses outils... bref, on sait tout de cet homme des glaces retrouvé à 3 210 mètres d'altitude. Et l'on peut même aller lui rendre visite au musée de Bolzano où une statue en cire, façon musée Grévin, le représente, bon pied bon œil (bleu), si j'ose dire.

Seuls ses sentiments, ses émotions nous sont inconnus.

On ne peut pas en dire autant de tous.

Un homme trouve la mort au cours du siècle dernier sur un glacier dans les Alpes – glacier dont j'ai oublié le nom.

Il réapparaît quelques dizaines d'années plus tard. Sa chute dans une crevasse avait noyé de chagrin sa promise qui ne s'en était pas remise. Elle avait poursuivi sa vie en célibataire, pleurant sans fin son amour de jeunesse... Jusqu'à ce qu'il réapparaisse parfaitement conservé, avec sur son cœur la photographie d'une autre, accompagnée d'une lettre d'amour qui n'était pas destinée à la fidèle pleureuse. Une histoire à la Stefan Zweig.

Qui aurait pu tout aussi bien trouver sa place dans le livre de Martin de La Soudière. *L'Hiver, à la recherche d'une morte-saison* : caverne d'Ali Baba pour les amoureux des grands froids. Personnages illustres ou moins illustres s'y croisent dans une profusion d'informations et d'illustrations, telle la photo du mémorial de ces « nobles victimes du devoir, Marthe Dupeyron, institutrice, et sa sœur Pierrette qui périrent, la nuit, dans la tourmente, sur le plateau de Lozère, pour avoir voulu assurer, à tout prix, la rentrée de janvier 1941 ». Un jour, ce même mémorial me servit de point de repère dans la tempête.

Peut-être est-ce le rôle des morts de guider les vivants.

« Comment trace-t-on une route à travers la neige vierge ? » Ainsi commencent les *Récits de la Kolyma*. Premier chapitre, « Sur la neige ».

Chalamov décrit le travail des hommes dans « l'infini neigeux » : des rangées de détenus tassent la neige vierge en d'interminables allers-retours jusqu'à l'apparition d'une route suffisamment large pour être empruntée par traîneaux et tracteurs. Un défi renouvelé chaque hiver dans l'éclatante blancheur de l'Extrême-Orient russe, où hommes, squelettes, neige, pierres, animaux, arbres, ciel, nuages semblent de la même veine, comme des manifestations singulières d'un même matériau, unies et figées par le froid. Dix-sept ans dans les camps du Goulag, une expérience aux confins de l'impensable, de l'indicible. De l'invivable hélas vécu.

Seul résiste le mélèze, l'arbre de la Kolyma dont une branche morte, envoyée à Moscou en mémoire d'un homme et de millions de détenus, ressuscitera. « Pendant combien d'années, le mélèze, déformé par les vents et les gelées, se tordant pour suivre le soleil, a-t-il tendu vers le ciel, à chaque printemps, ses jeunes aiguilles vertes ? », s'interroge Chalamov.

Plonger un rameau dans un bocal rempli d'eau du robinet, une eau morte à force de chlore comme celle qui coule à Moscou, c'est ce que fit Nadejda Iakovlevna le jour anniversaire de la mort de son mari, le poète Ossip Mandelstam, pour sentir la délicate odeur de sève et de térébenthine se répandre dans l'appartement et voir poindre un vert tendre. « Une odeur de printemps faible, obstinée : c'était la voix des morts. » La voix du poète.

« Blanc comme la neige sur les montagnes. Le blanc c'était la couleur des cadavres. Une espèce de bleu pâle, presque blanc. Comme il n'y avait presque plus de chair, c'était comme les structures d'un paysage de montagne. »

Le peintre Zoran Mušič connaît l'irrésistible et absolue nécessité de dessiner lorsqu'il plonge dans l'enfer des camps, « l'école de Dachau » : la mort et ses chiffres astronomiques. Une dimension vertigineuse, indicible. Comment survivre ? Il obtient en cachette papier, crayon et dessine fébrilement : expression de ce qu'il porte en lui autant que visions extérieures. Ce « paysage de cadavres comme de la neige vue de loin », fait écho à un choc qu'il a vécu avant la guerre, devant *Le Triomphe de la Mort* de Brueghel l'Ancien. Image prémonitoire ? Bouleversé par ce qu'il voit, il ignore encore qu'il va le vivre.

Je crois à Zoran Mušič
Dessinant ses fagots de cadavres
Sur de mauvais papiers
Trouvant encore la vie
Au fond du désarticulé
Au fond de l'incarné
Au fond de l'éprouvé
Exorciste
Vertical

Zéno Bianu

Florilège

J'imagine parfois que le pouvoir de la neige relie mystérieusement tous ceux qui la regardent, comme une pleine lune aimante ceux qui la contemplent.

Se crée ainsi un cercle silencieux d'amateurs anonymes. Côte à côte, ils résisteront – comme des névés.

« C'était une matinée où de légers flocons dansaient dans le vent âpre de la plaine de Yamato. Ils paraissaient trop frêles même pour une neige de printemps, rappelant bien plutôt un essaim d'insectes l'été. » *Neige de Printemps*, Mishima.

Dans *La Tempête de neige* de Pouchkine, Maria ne peut épouser Vladimir qui s'est perdu dans la neige le jour de son mariage. Il n'a pas trouvé le chemin de l'église où elle l'attendait…

« L'objet est petit mais le spectacle est grandiose », ce qu'écrivait Virgile des abeilles vaut pour la neige.

Je repère un flocon, je ne veux pas le perdre, il monte, descend, je crois l'avoir perdu, je le retrouve. Un grand exercice d'attention. Puis, dans une fulgurante douceur, une saute de vent transforme tout ce beau monde en fantôme de derviche. C'en est fini, celui que je chérissais du regard s'est fondu dans la masse blanche de ses congénères. C'est l'apprentissage du singulier-pluriel. Inutile d'insister. Pire que chercher une aiguille dans une botte de foin. Le motif s'est noyé dans le tout.

« Et si l'on choisissait le plus gros des flocons grisâtres et qu'on y attachait son regard au cours de sa chute, on parvenait à discerner sa forme assez grossière et irrégulière, ainsi que ses oscillations au cours de sa trajectoire, et l'on se sentait tout triste et pris de vertige, pris de vertige et tout triste. » Vladimir Nabokov, *Autres Rivages.*

Robert Walser marche l'hiver dans un paysage de sa Suisse natale où l'on ne croise que des Christs dénudés et enneigés à la croisée de petites routes pas plus visibles que les veines sous la peau.

« Il neigeait à gros flocons denses et chauds… tout ce qui avait existé autrefois fleurissait et m'enveloppait… il me sembla presque que la terre entonnait un chant de Noël… Je n'avais pas de pardessus. Je tenais la neige à elle seule déjà pour un manteau m'enveloppant d'une merveilleuse chaleur. »

Des mots d'une prophétie glaçante quand on sait que l'auteur est mort au cours d'une promenade dans la neige, le jour de Noël de l'année 1956. Une mort poétiquement anticipée dans ce texte paru en 1917, *Retour dans la neige*.

Une nativité endeuillée.

Jadis. Un mot qui n'a pas son pareil pour réveiller des histoires de neige : les neiges d'antan.

« Le lundi matin nous trouvions l'encre gelée dans les encriers. En classe aussi, les enfants gardaient leur manteau, et dans les cartables, pour tout goûter, il y avait une pomme de terre cuite sous la cendre. D'ailleurs, qui donc vivait dans un logis chauffé ? Même l'urine gelait dans les pots de chambre », raconte Mario Rigoni Stern dans *Lointains Hivers*.

Mario Rigoni Stern tira sa révérence en 2008. Son souvenir perdure, bien sûr grâce à son œuvre, mais pas seulement. Prédestiné à rejoindre les hautes sphères, son nom a été donné à l'un de ces astéroïdes qui fendent l'espace comme des bolides : *(12811) Rigonistern.*

« Il y a des années, la neige m'a tenu isolé pendant des journées entières, je suis resté sans lumière et sans téléphone. C'était magnifique. J'étais heureux, tranquille, je n'avais même pas la télé. Les flocons tombaient sans bruit. J'avais du bois, de la farine blanche, du lard, du fromage et une histoire à écrire. Je l'ai finie à la lampe à pétrole. »

Sans neige, que serait l'*Histoire de Tönle* ?

Sans neige, bien des récits de Jack London n'auraient pas vu le jour non plus.

Je me souviens de la première phrase du premier livre que j'ai lu de lui : « L'aube ce jour-là était froide et grise… » Et de la dernière « Avec la fin du crépuscule et la nuit qui montait au ciel, la froidure augmenta encore. » Entre les deux, on espère. En vain. Le message est clair. Pas d'impasse : il faut savoir *Construire un feu* lorsqu'on arpente le Yukon en hiver.

« Mon pays, ce n'est pas un pays, c'est l'hiver. Mon chemin, ce n'est pas un chemin, c'est la neige. » Gilles Vigneault.

« Toute ma vie se sont emmêlés vrai et faux, bien et mal, tandis que je jouais avec la lune, riais avec le vent, écoutais les oiseaux, enfin, cet hiver j'ai soudain compris que c'était la neige qui faisait la montagne. » Maître Dōgen.

Un dernier névé pour la route.

« La vie nomade est une chose surprenante. On fait quinze cents kilomètres en deux semaines : toute l'Anatolie en coup de vent. Un soir, on atteint une ville déjà obscure où de minces balcons à colonnes et quelques dindons frileux vous font signe. On y boit avec deux soldats, un maître d'école, un médecin apatride qui vous parle allemand. On baille, on s'étire, on s'endort. Dans la nuit, la neige tombe, couvre les toits, étouffe les cris, coupe les routes… et on reste six mois à Tabriz, Azerbaïdjan. » Nicolas Bouvier.

Ce qui ne sera jamais plus pareil

Impossible de me consacrer à la lecture. Dehors, le paysage se métamorphose, je me sens intranquille, crains de rater quelque chose. Sans cesse je perds le fil de l'histoire. Seul m'intéresse le sort des flocons. Entre les pattes de mouches des pages de mon livre et le fourmillement blanc qui s'abîme sur le jardin, c'est la grande confusion. Si je persiste dans ma lecture, il me faut sans cesse remonter de quelques paragraphes avant de poursuivre – comme au point de tige, un point en arrière avant de ressortir l'aiguille plus avant. Pour finir, je pose le livre, observe le rideau de neige qui protège l'intimité mieux qu'un verrou et réveille une impatiente nostalgie.

Observer tous ces flocons, regarder les nuages s'effilocher ou plonger son regard dans les braises, c'est voir ce qui ne sera jamais plus pareil.

Réchauffement climatique et autres chants du cygne

On le sait, les hivers se réchauffent et la saison des sports d'hiver s'allonge. Rentabilité oblige. Qu'à cela ne tienne, il suffit de produire de la neige. Les « nivoculteurs » s'en chargent à coup de canon ! Et l'armistice n'est pas pour demain.

L'équation est simple : plus il y a d'équipements, plus il y a d'immobilier, plus il faut de surfaces enneigées et des vacances étalées. La solution ? Prendre l'eau dans les torrents, faire des réservoirs, des barrages, pomper dans les réserves d'eau potable s'il le faut, mettre une pincée de chimie dans l'eau détournée de sa vocation naturelle, histoire qu'elle se transforme en neige plus facilement et le tour est joué. Certes il y a quelques inconvénients…

Je songe à la mise en garde de Cocteau : « Il est possible que le progrès soit le développement d'une erreur. »

Lors de recherches iconographiques, je rencontre Marc Riboud. Les images s'accumulent. Nous voyageons dans ses souvenirs, dans mes marottes. Les montagnes du Huang Shan, il les découvre d'abord en timbres-poste – le pouvoir de la miniature ! – avant de se rendre à pied d'œuvre... La Cité interdite sous la neige, un double interdit...

Ce jour-là, les images qui me fascinent sont celles qu'il a faites, jeune photographe, lors de l'engloutissement de Tignes. Comment survivre à l'engloutissement de sa vallée, de son village, de son clocher, de son cimetière ? Les images témoignent : un enfant caresse Mélanie, la cloche de l'église descendue du clocher et posée de guingois dans une neige comme du gros sel, une femme de dos, assise dans une pente ocellée de neige, regarde le niveau de l'eau noyer sa maison, ses souvenirs. Rafale d'expropriations, comme un coup de pied dans une fourmilière. Certains habitants sont montés vers le lac dans lequel se reflète la Grande Motte. D'autres sont partis. C'était en 1952. Depuis, tous les dix ans, le barrage est asséché et les Tignards les plus fervents descendent célébrer une messe à l’emplacement de leur ancienne église et baptiser les enfants nés dans l’année, les éterlous en somme.

Soudain, une envie de me replonger dans le long poème de Gary Snyder *Montagnes et rivières sans fin* ; une lecture à l'image de ces rouleaux de peintures chinoises que l'on déroule happé par les détails du paysage; une lecture qui éclaire l'urgence d'une approche tant poétique qu'écologique de la nature déchirée entre destruction… et renaissance ?

Matière à rêve, matière à doute

Dans *Le Dernier Hiver du Cid*, Jérôme Garcin évoque l'ultime rêve de Gérard Philippe : partir en altitude, dans un chalet à l'écart de tout sauf des nuages et des aigles royaux. Marcher dans la poudreuse jusqu'aux genoux. « Entendre le grand silence enneigé de la nuit qui rend le sommeil plus profond. »

Les lecteurs de Valéry qu'enchantent les mystères de la nature se souviendront de cette chose étrange rejetée par la mer : « Une chose blanche, et de la plus pure blancheur ; polie, et dure, et douce, et légère, de la même matière que sa forme : matière à doute. » Toutes ces énigmes flottent dans un temps suspendu comme une mousse d'écume, une gerbe de neige.

Plus lent et moins régulier que le flux et reflux de la mer, il y a dans l'avènement de la neige et sa disparition quelque chose d'un réglage souverain. Il y avait. Un réglage ébranlé par l'homme, et qui fera peut-être mentir l'expression *neiges éternelles*, ces neiges dont Élisée Reclus écrit que c'est avec lenteur qu'elles se hâtent vers la mer où elles doivent aller s'engloutir un jour.

Contempler ce qui s'enfuit, un exercice que Sei Shōnagon aurait pu classer dans *Notes de chevet* sous le titre *Choses évanescentes qui réveillent la nostalgie*.

Quand la neige lèvera l'ancre, rôderont les souvenirs, les rêves, l'art. On marchera autour des meules enneigées de Monet, on empruntera la sente étroite du bout du monde en compagnie de Bashō, on entonnera quelques notes de *Winterreise* de Schubert, on guettera de rares flocons à travers les fenêtres des tableaux d'Hammershøi, on se prosternera devant les moines immortalisés par Werner Bischof le long des temples enneigés de Kyoto, on vénérera le Fuji-yama depuis le tori photographié par Fosco Maraini.

Mais la voix de la neige, le « silence nival » ?

Alors, en rêve, j'entendrai les pas étouffés des mulets de Gubbio dans la chênaie enneigée et je leur emboîterai le pas, les pieds mouillés, mais heureuse. Convaincue que la neige ne fond jamais pour ceux qui l'aiment.

Crédits photographiques

p. 25 : Olaus Magnus, *Rome*, 1557 © collection personnelle de l'auteure

p. 79 : Élisabeth Foch-Eyssette, *District de Kinnaur, Inde*, 2011 © Élisabeth Foch-Eyssette

p. 89 : Yamamoto Masao, *Kawa=Flow, photo n°1682* © Yamamoto Masao

p. 93 : Bernard Plossu, *Éleveuse de vaches sous la neige, Savoie, France, 1976* © Bernard Plossu / Signatures

p. 100 : Kohei Igarashi et Damien Manivel, *Takara, La nuit où j'ai nagé*, 2018 © Collection Christophel / MLD Films / Nobo / Shellac Sud

p. 126 : Bernard Plossu, *Auvergne*, 2007 © Bernard Plossu / Signatures

p. 152 : Werner Bischof, *Tokyo. Courtyard of the Meiji shrine*, 1951 © Werner Bischof / Magnum Photos

p. 155 : Bernard Plossu, *Paris, 1987* © Bernard Plossu /Signatures

Du même auteur

Éloge des voyages et du repos ; Arléa-Poche, 2021
1re éd : *On ne peut pas toujours voyager mais on ne peut pas toujours rester au même endroit*, Arléa, 2018

Mémoire de poche, Manuela Plossu, Arnaud Bizalion, 2019

Itinéraires en dents de scie, Le Passage, 2014

Le Jardin de pierres, photos Bernard Plossu, Filigranes, 2013

Rien n'est séparé, Accarias L'Originel, 2011

Éthiopie, la ferveur et la foi, photos Paola Viesi, Imprimerie nationale, 2010

Le Bestiaire aztèque, dessins Inna Andréadis, Musée du quai Branly/Petra ediciones, 2008

En Birmanie, photos Jean-Marc Payot, Philippe Rey, 2008

Saisons indiennes, photos Marie Accomiato, Ci Vediama, 2007

Montagnes sacrées, Chêne, 2005

L'Échappée indienne, photos Hugues Costa, Philippe Rey, 2003

Lartigue en hiver, Flammarion, 2002

Je suis au jardin, Le Passage, 2002

Montagne des photographes, Bordas, 1989 (prix Nadar 1990)

Collection *Guide anachronique*

Pascal Bonafoux, *Guide anachronique de Rome, À l'usage de ceux qui se demandent pourquoi elle est la seule « Ville éternelle »*, 2023

Allen S. Weiss, *Guide anachronique de Kyoto*, 2023

ACHEVÉ D'IMPRIMER
EN SEPTEMBRE 2023
ET SUR LES PRESSES DE
CORLET IMPRIMEUR
À CONDÉ-SUR-NOIREAU
CALVADOS
SUR UNE MISE EN PAGE
D'AUDREY CHARBONNIER

DE MES ÉTATS D'ÂME,
LA NEIGE EST CELUI QUE JE PRÉFÈRE.
JULES RENARD

Numéro d'édition : 1356
Numéro d'impression : 23090555
Dépôt légal : novembre 2023
Imprimé en France